LES ENFANTS DU NÉANT

Collection *Contemporains*
dirigée par Claude Frochaux

STÉPHANIE PIN

LES ENFANTS DU NÉANT

L'AGE D'HOMME

Ce livre a bénéficié du subside d'aide à la première œuvre de la Fondation Pro Helvetia.

CONTE DE NOËL

Une goutte de sang sur la neige. Puis une autre, plus délicate. Et une autre encore. Il s'affaissa sur le tapis immaculé : il ne devait pourtant pas fléchir, il ne le pouvait pas. Pas maintenant. La main sur son ventre, il se releva lentement, en étouffant une plainte. Il fit quelques pas. Des perles rouges le suivaient. Toujours plus profondément, ses jambes s'enfonçaient dans la poudreuse; il lui fallait désormais se servir de ses deux mains pour se frayer un passage, pour ne pas être immobilisé, et la plaie resta à nu, écarlate, béante, d'où s'échappaient de longs lambeaux de peau et des filaments de sang. Plus loin. Pas à pas. Il ne pensait plus qu'à cela : soulever la jambe droite, cambrer les reins en avant en prenant appui sur l'autre pied qui tremblait, briser la carapace neigeuse compacte en se projetant, et se retenir de la main, puis ramener la jambe gauche. Encore. Oublier la tache de pourpre qui s'agrandit, la douleur effroyable lorsque la plaie touche la glace. Tenter de l'oublier. Et avancer. Mais les forces lui manquaient, et le soir tombait. Encore un soir, le troisième, je crois. Il s'arrêta après un ultime effort; il s'étendit sur la neige qui l'enveloppa alors de sa froide indifférence : trois jours... C'était fini, Marie était morte maintenant, et lui ne vivait que pour elle. Il ne pouvait plus, il ne voulait plus. Marie le contemplait, sans doute, et elle l'aimait; cela suffisait. Son ventre à lui ne saignait plus. Plus de sang sûrement. Panne sèche. Il bougea ses jambes raides et gonflées, mais la nuit l'envahissait, et le sommeil, et la mort. Les étoiles se cachaient ce soir derrière d'épais nuages de crêpe : elles portaient le deuil. Et il mourrait seul, loin de Marie, loin des étoiles et loin des rêves. Trois jours. Le temps l'effrayait; la douleur aussi, ou plutôt l'absence de douleur, cet engourdissement incroyable dans lequel la neige l'entraînait doucement. Se laisser investir par la mort de Marie : il la revoyait, toute pâle sur son lit, et ses lèvres rouges qui murmuraient des prières, il se rappelait le bébé tout froid entre les cuisses. Des cris, des mots insensés qui heurtaient son sommeil. Se laisser pénétrer par le temps qu'il franchissait à rebours : l'arrivée de la sage-femme, leur montée au chalet, Marie enceinte, leur mariage, leur rencontre, le lac immobile aux reflets verdâtres au bord duquel il l'avait vue la première fois et, toute bordée de saules, la maison aux briques rouges de son enfance… Marie disparaissait. Il ne voulait pas qu'elle l'abandonne ! Se laisser…

Non ! Il ne voulait pas être seul, avec l'échec et l'odeur glacée de la neige ; il desserra ses doigts. La souffrance. Il ne les sentait plus, ils étaient morts déjà, ses jambes aussi, tout son corps le délaissait, inerte, momifié. Seule sa mâchoire tremblait encore, convulsivement, et ses yeux aux cils perlés de glace qui papillonnaient vers la voûte sombre telles les ailes des hirondelles, à l'automne, vers le ciel lumineux. Et si Marie n'était pas morte ? Et si elle avait trouvé la force de ne pas sombrer, avait-il le droit de mourir ? Trois jours… Cela ne lui parut plus si inconcevable. Trois jours… Marie pouvait survivre bien plus longtemps, il le savait, il l'avait toujours su. Ses mains ne bougeaient plus. Il s'enfonçait dans la neige, dans le froid. Et la nuit n'en finissait pas. Pourtant, Marie l'attendait, là-bas, si loin, si loin, trop loin, dans la cabane au milieu de la forêt, avec leur fils mort soigneusement enveloppé de bandelettes et posé dans la caisse de bois ; elle l'appelait, elle le suppliait dans ses prières qui frôlaient à peine sa bouche et dansaient, nuages vaporeux, devant la flamme vacillante. Marie… Et il demeurait là, immobile, prisonnier de son immense sarcophage blanc. Les étoiles absentes lui manquaient.

Soudain, alors, il se souvint. Un matin de novembre, au réveil, Marie lui avait appris la chanson de la solitude, l'air mélancolique qui accompagnait les femmes de sa famille, durant les lunes, quand les époux travaillaient dans les mines ; ils l'avaient chantée ensemble, main dans la main, leurs yeux assombris par la houille funeste et l'habit obscur des veuves. Leur chanson. Il la murmura. Les sons se nouaient dans sa gorge, et fuyaient par petites troupes enrouées et graves. Puis la voix s'habitua aux ténèbres. Et l'air s'égraina bientôt en valse lente, appelant les étoiles, appelant l'absent, appelant Marie. Son cœur battait en cadence à l'intérieur de l'écorce insensible et morte ; il l'entendait tonner dans sa poitrine, et jusque dans sa tête, rythmant formidablement la chanson de la solitude, la douce chanson des veuves. Vivre, chanter et vivre, ne pas s'endormir, ne plus s'endormir, entendre la voix de Marie, tout au loin, qui gémissait. Attendre l'aube. L'aube délicate ourlée de rose et de turquoise, toute frémissante de petits nuages pâles. Et le matin. Les doigts aux jointures exsangues craquaient, mais ne cédaient pas, et Marie étincelait dans le ciel. En baissant les yeux, il voyait sa plaie écaillée de sang. Un doute affreux l'assaillit alors : la sage-femme! Était-elle bien morte? Il l'avait frappée du poing quand il l'avait vue égorger son bébé; il avait tourné la tête vers Marie, lentement, avait tendu sa main et... la douleur! Le visage de la sage-femme l'observait, implacable. Des cris : *c'est un monstre! Vous êtes le père d'un monstre!* La douleur. Son ventre. Il avait fléchi la nuque : un couteau, le couteau qui avait tranché la gorge du bébé difforme, était fiché dans son ventre. D'un coup, il l'avait retiré — un flot de sang macula le plancher — et l'avait enfoncé dans le thorax de la femme hystérique, juste sous le sein. Elle avait crié. Hurlements et bruit du corps qui chute, mat, sec, bouleversant. Était-elle morte? Il n'avait pas réfléchi : son fils gisait, sa tête trop grosse et grotesque séparée de son corps si frêle, si menu, tout rouge encore, la bouche ouverte dans son premier et dernier cri. Marie tremblait, à moitié nue. Elle saignait. Elle allait mourir. Le village se trouvait à quinze kilomètres, à dix si l'on coupait par les prés. Mais la neige changeait tout. La neige indifférente, froide, morne, qui virevoltait en tendres flocons depuis deux semaines. Il n'avait pas réfléchi. Le paysage vivait, se déplaçait autour de lui. L'arbre fendu devant le rocher. Pourquoi avait-il tourné à gauche? La forêt. Y avait-il une forêt sur le chemin du village? Et tandis qu'il pénétrait dans le mystérieux royaume des lutins et des loups, s'égarant dans la montagne, derrière lui, tout au loin, là-bas, des volutes de fumées s'élevaient, la fumée du village. Trois jours d'errance, trois nuits de souffrances et d'espoirs. Et, maintenant, le doute, l'affreux le macabre doute qui l'envahissait encore : étaient-elles mortes?

Le visage de Marie avait disparu à nouveau, et sa voix s'enrouait. Le soleil ne viendrait pas. Un flocon cotonneux scella ses lèvres bleues. Puis un autre, plus délicat. Et un autre encore... Et Marie dans son lit, épuisée, ferma enfin les paupières : Noël venait de mourir.

INSTANTS DAMNÉS

Première minute

Jean-Philippe hésite, les mains tremblantes. La bouche béante de la boîte aux lettres semble lui crier de lâcher l'enveloppe qu'il tient encore entre le pouce et l'index. Mais ses pensées lui susurrent le contraire. Messages suaves de part et d'autre. Encore un autre dilemme après l'audace de l'écriture : l'envoyer ou non? C'est l'ultime décision à prendre, le geste irrémédiable. S'il jette la lettre parmi les autres, il risque la honte et la déception; s'il la déchire, sa pleutrerie le poursuivra tous les jours, tous les soirs. Il repense à son appartement immense, empli de meubles luxueux, de tapis épais, de vases en fine porcelaine, et désespérément vide. Trop grand pour lui. Il se rappelle les rides qu'il a découvertes le matin même en se rasant, premières marques de la quarantaine. Il s'est alors senti las, extrêmement las, comme drapé d'ennui. Toutes ces années gâchées! Tant de rêves qui ont péri à chaque Nouvel An, et qu'il ne pourrait plus réaliser. Il ne lui en reste qu'un. Une chance, la dernière. Son cœur bat plus vite dans sa poitrine. La boîte aux lettres semble l'observer, soudain inquiète. Une seconde encore. Derrière son dos, Jean-Philippe entend des voix qui s'approchent : deux femmes discutent, une mère et sa fille sans doute, ou deux sœurs. Elles s'arrêtent juste à ses côtés, se taisent, attendent. Il doit faire un geste, maintenant. Le geste. Tout son corps se révèle à lui en un instant : la moiteur de sa peau sur le papier recyclé, les rainures fines de la semelle sur la plante des pieds, la douceur du velours qui frôle le duvet de ses mollets. Et le vent délicat qui dessine son visage. Jean-Philippe hésite une seconde encore, puis ses doigts se relâchent, lentement, et l'enveloppe atteint avec un bruit mat le fond de la boîte.

Deuxième minute

On tourne une page. Le journal crisse sous les doigts. Les yeux parcourent les caractères, survolant les articles. Politique : les élections législatives végètent un peu, la droite devrait gagner. Économie : le taux de chômage a encore augmenté. Soupir, puis crissement de papier. Un ongle rouge suit une ligne et tapote sur un terme étrange. On encercle une offre d'emploi : une pharmacie cherche une aide, peut-être... Crissement à nouveau. Cinéma : le festival de Cannes est terminé, rien pour son acteur préféré. Une moue de déception. La main hésite : va-t-elle ou non fermer le journal ? Non, elle poursuit son geste régulier, lancinant, et tourne les pages. Faire-parts mortuaires : quelques visages souriants, sensation morbide d'une inexistence recréée. A nouveau politique : fin de règne pour Mobutu. Mais c'est si loin le Zaïre. On préfère la page des sports : football, tennis, cyclisme. Son cœur bat plus fort : son héros a été éliminé au premier tour. Des larmes lui brûlent les yeux... Mais, soudain, à côté de la page-télévision, une annonce attire son regard : *homme de 38 ans, universitaire et timide, cherche une jeune femme tendre et aimante pour briser leurs mutuelles solitudes.* Quelques lignes à peine qui résument le drame d'une vie, qui interpellent la lectrice, la bouleversent, font ressurgir tant de souvenirs amers et de rêves. Les doigts serrent le journal. Le papier crisse désagréablement, mais cela ne fait rien. Car personne ne l'entend.

Troisième minute

Un sourire crispé. Jean-Philippe répond de même ; il a honte d'être là, il se sent laid et inintéressant, alors il tente de retourner son malaise contre elle : il l'imaginait beaucoup plus grande et plus élégante, elle est habillée sans goût, dans des tons gris pâle qui affadissent son teint déjà clair. Elle n'est pas pour lui. Et c'est aussi ce qu'elle pense de lui : trop petit, trop vieux avec son crâne chauve et ses lunettes, trop sérieux aussi, et un peu méprisant. Il n'a pas encore prononcé plus de deux phrases. Elle s'ennuie, elle a envie de pleurer, et, en plus, elle déteste le chocolat chaud qu'il a commandé pour eux deux. Quelle idée atroce! Elle soupire un peu fort, il sursaute, aussi rouge que sa chemise; il tente en vain d'amorcer une conversation sur leurs lectures réciproques, mais elle n'aime pas lire, sauf le journal et quelques magazines féminins; alors il parle seul, débitant d'une voix monocorde — entrecoupée de rires nerveux et bruyants — des noms étranges qu'elle n'a jamais entendus : Pascal, Kant, Popper, Kuhn, épistémologie, argumentation, logique, mathématiques... Elle a mal à la tête, elle veut rentrer. Et puis il commence à se faire tard, à moins que ce ne soit la pluie qui a obscurci le ciel. Soupirs à nouveau. Jean-Philippe se tait et baisse les yeux tout en remontant ses lunettes. Ce qu'il dit ne l'intéresse pas, il en était sûr, ce qu'il dit n'intéresse jamais personne, même pas ses étudiants... Il la regarde subrepticement pendant qu'elle avale une gorgée de chocolat chaud; finalement elle lui plaît bien : elle a de jolies mains avec des ongles peints en rouge, et des formes rondes, pleines. Et puis, de toute façon, il se sent si seul : il a besoin d'elle, même si elle ne correspond pas à la femme idéale, cette femme inconsistante et inanimée qu'il aimait dans ses fantasmes d'adolescent... Elle, elle est si réelle : elle a une bouche adorable, des seins émouvants, une manière sensuelle de bouder et de rire. Il adorerait l'étreindre et lui murmurer qu'il l'aime. Mais non, il ne lui plaît pas, il est bien trop insignifiant. Comment font-ils donc, les autres hommes, pour séduire ces créatures? Il l'ignore, et quand bien même il le saurait, il serait totalement incapable de les imiter.

Le serveur vient encaisser : Jean-Philippe paie et commande un autre chocolat chaud. Elle secoue vigoureusement la tête quand il lui en propose un. Il rougit alors, conscient de son erreur : elle n'aime pas cela, bien sûr. Il bafouille pour s'excuser entre deux rires nerveux qui la mettent mal à l'aise. C'est insupportable. Il a mal au cœur tant la honte le paralyse. Et elle pince les lèvres, le regard sombre. C'est fini, il a tout gâché. La nausée au bord des lèvres, Jean-Philippe se lève en titubant. Encore un marmonnement incompréhensible. Elle hausse les sourcils, étonnée, inquiète. Qu'a-t-elle fait? Où va-t-il? Il commençait à lui plaire avec son air de petit garçon et ses histoires hermétiques. Mais il part, quitte le café. Elle a cru voir des larmes couler sur ses joues mal rasées. C'est impossible, elle n'a pourtant rien dit. C'est sans doute pour cela : elle est trop bête pour lui, il est si intelligent. Elle est vraiment idiote de ne pas l'avoir retenu. Elle en pleurerait. Dehors, il pleut vraiment.

Quatrième minute

Jean-Philippe hésite. Lui dira-t-il qu'il l'aime ou non? C'est fou ce qu'il se sent ridicule quand il se trouve face à elle. Il en a le vertige. Alors il ferme les paupières, tentant d'oublier sa présence et de savourer la légère brise qui court sur son torse nu. A ses côtés elle soupire. Il rouvre les yeux et tourne la tête vers elle. Il ne voit que son dos à la peau laiteuse et les mèches rousses qui cachent sa nuque. Soupir à nouveau. Elle attend qu'il le lui dise. Mais il ne sait pas. Parce qu'il ne croit pas qu'il l'aime. Mais sait-il seulement ce que cela signifie, aimer? Non, certes non. Il sourit : il peut en deux minutes calculer la probabilité qu'un avion s'écrase en plein centre de Lausanne, dresser des tableaux statistiques ou logiques de cet événement, mais il ignore tout des émotions humaines. Elle soupire encore. Avec un haussement d'épaules, il lui murmure alors les mots qu'elle souhaite entendre. Le silence qui suit le remplit d'angoisse : non, il ne l'aime pas, il est avec elle parce qu'elle veut bien de lui, parce qu'elle se moque de savoir d'où il vient, pourquoi il a si peu connu de femmes. C'est elle qui l'a appelé après l'incident du restaurant qu'il préfère oublier : elle s'est excusée, gênée. Vaguement désespérée. Et ce désespoir a empli Jean-Philippe d'un sentiment de pouvoir : il a accepté de la revoir le jour suivant, puis le samedi. Jusqu'à ce soir où, pour la première fois, ils ont fait l'amour. Faire l'amour. Cette expression le choque maintenant : il ne lui a pas « fait l'amour », il a fait « comme si », il a fait semblant de l'aimer, d'être aimé. Mais seul son plaisir, ou plutôt son soulagement, a vraiment importé : il s'est enfin débarrassé de l'anormalité qu'il transportait depuis dix ans dans les couloirs de l'université et dans les réunions de famille. Le reste n'a aucun poids... Grincement. Elle se tourne et pose une main possessive sur la poitrine de son amant. Il frémit. Elle adore ce frissonnement; en fait, elle adore tout en lui, jusqu'à son détachement un peu humiliant et son étonnante façon, monocorde, impersonnelle, de lui dire qu'il l'aime. Elle a tant rêvé de ce moment. Des milliers de nuits, des milliers d'insomnies, seule dans son lit. Pour chasser ces mauvais souvenirs, qui ne sont plus désormais que des souvenirs, elle se cogne au creux de ses bras. La tête résonnant encore des murmures de Jean-Philippe.

Cinquième minute

C'est le cri surtout qui le bouleverse. Un hurlement de monstre pour une si petite chose. Sa femme halète encore, vulgaire, obscène avec ses jambes écartées, le con impudiquement exposé au monde entier. Et le bébé crie. Son enfant, un garçon. Simon. Jean-Philippe a envie de pleurer. Il réussit à prononcer quelques banalités réconfortantes à la jeune mère, mais son regard ne quitte pas le petit être ensanglanté qu'il a créé. Folie mystique. On lui tend son fils, il le serre contre lui, sentant les battements de son cœur sous ses doigts, touchant la peau toute plissée et le front lisse comme le sien. Émouvante créature. Sa femme gémit. Elle réclame le bébé. Jean-Philippe grimace et feint de ne pas entendre. Elle ne lui volera pas son fils, elle lui a déjà volé sa vie, ses rêves, sa liberté. Malgré lui, il se souvient de leur mariage, et de leurs premiers mois de vie commune : les cris, la haine, l'ennui. Il a beaucoup travaillé ces derniers mois pour ne pas avoir à rentrer chez lui, et à la voir, affalée dans le fauteuil devant la télé. Son gros ventre dressé comme une montagne. Il se souvient du dégoût qu'il ressentait pendant le coït. Il a cessé de faire semblant : après l'éjaculation, il va vomir aux toilettes, se rhabille et se réfugie dans l'obscurité réconfortante de son bureau. Et elle pleure dans le lit, seule.

Mais maintenant, tout va changer : il a un fils, son fils, et personne ne les séparera. Toute son existence se concentre dans ce minuscule corps chétif et malingre. Trop maigre. Simon est né un mois trop tôt. A cause d'elle. Parce qu'avant de tomber enceinte, elle a suivi un régime draconien qui a déréglé son organisme. Vingt kilos en moins, une silhouette semblable à celles des magazines de mode, filiforme et insipide. Elle a cru le séduire ainsi. Pauvre idiote! Il ricane à cette pensée, caressant doucement la joue de son fils. Elle n'a pas compris — elle ne peut pas comprendre — qu'il la déteste elle, et non son apparence. Ses formes pleines, rondes, délicieusement féminines lui plaisaient beaucoup au contraire. Mais elle les avait détruites. Bêtement. Risquant du même coup la vie de Simon. Et accentuant le dégoût de Jean-Philippe : depuis neuf mois, il ne l'a plus touchée… Une infirmière le regarde en fronçant les sourcils. Il prend soudain conscience des pleurs de sa femme et du silence qui règne dans la salle de travail. Alors il s'excuse et tend le bébé à sa mère avec une dernière caresse sur son petit visage. Elle s'extasie, elle rit. Grassement. Sottement. Jean-Philippe sent la colère gronder en lui, qu'il contient avec peine. Rouge, les poings serrés, il prétexte un malaise et quitte la salle. La hargne écumant à ses lèvres. Pendant un instant, il a su qu'il pourrait la tuer.

Sixième minute

Simon hésite et lance un cube contre le mur. Personne ne l'entend. Ses parents crient dans le salon, comme tous les soirs. Il ne comprend pas ce qu'ils disent, mais il sait que cela le concerne, et cela le rend triste…

Jean-Philippe hurle : elle n'a pas le droit de lui voler son fils, elle ne peut pas lui enlever sa seule raison de vivre. Elle répond sur le même ton que Simon est aussi son fils, qu'elle l'a porté pendant huit mois et que Jean-Philippe n'a pas à lui interdire d'élever son enfant comme elle le désire : le petit ira donc à la crèche le lendemain. Il ricane, sarcastique, et prétend qu'elle serait bien incapable d'élever un cochon d'Indes. Elle pleure. Il ignore ces larmes et continue les insultes, la ridiculisant, la blessant volontairement. Aboyant trois années de rancœur et plus de quarante ans de désespoir. Comme un torrent de haine dévastateur et imprévisible. Elle ne peut rien répondre : elle sait qu'il a raison, qu'elle ne possède de loin pas son intelligence, sa culture, qu'elle ne vaut rien. Il le lui a si souvent répété. Mais pourquoi alors l'a-t-il épousée ? Il l'aimait, non, il lui a pourtant dit qu'il l'aimait, au début de leur mariage. Dans un passé qui ressemble à un vieux film aux couleurs ternes. Elle ne comprend pas. Ou plutôt elle a peur de comprendre : il ne l'a jamais aimée, il s'est servi d'elle pour ne plus être seul. Pour transmettre son nom et pour créer son œuvre. Elle, elle n'a aucune valeur. Elle n'est qu'un pion, devenu gênant. Peut-être aurait-il pu aimer une femme comme lui, mais ils sont trop différents, lui et ses folies épistémologiques, elle et ses romans-photos. Ils sont ensemble parce qu'un jour, une minute, elle a lu son annonce dans le journal et qu'elle l'a appelé : peut-être finalement est-elle la seule à l'avoir appelé, peut-être n'a-t-il pas osé en rencontrer d'autres… Un jour, une minute, un événement aléatoire… Elle sourit entre ses larmes : il n'a pas réussi à calculer cet événement-là, il ne le maîtrise plus, lui le brillant, l'infaillible docteur en mathématiques et en psychologie… Cette idée lui redonne du courage. Brutalement elle se redresse et l'affronte : elle part, elle veut divorcer. Il sursaute, une lueur de panique au fond des yeux. Elle répète d'une voix ferme qu'elle s'en va avec Simon et qu'il ne pourra jamais l'empêcher d'être heureuse. Sombres paroles qui résonnent comme un glas à l'oreille de Jean-Philippe : il la regarde chercher sa veste et rassembler quelques affaires éparses de Simon. Un gilet, un biberon, un petit ourson à l'œil arraché. Incapable de bouger. Elle saisit le pull du petit. Simon les guette, assis au seuil du salon avec une moue interrogatrice. Elle se penche vers lui pour l'habiller. Jean-Philippe ne voit plus rien; l'angoisse brouille son regard, s'empare de lui, le tétanise. Tout s'écroule. Dans une minute, deux minutes peut-être elle sera partie, et Simon avec elle, et alors il retrouvera le silence, les rides sur son visage, la solitude. Désespérément vide et nue comme le néant. Il ne le supportera pas. Il ne pourra pas vivre ainsi, sans elle, sans son fils…

Septième minute

Jean-Philippe hésite, mais jamais il n'a été plus farouchement sûr de lui qu'en cet instant précis. Elle ne le voit pas, elle enfile les souliers à son fils, le cœur lourd et les larmes aux yeux. Si seulement elle pouvait remonter le temps, si seulement ils pouvaient s'aimer. Mais ses rêves ne se réalisent jamais, et il est temps qu'elle cesse de rêver. Devenir adulte. Elle entend un sifflement dans son dos. Elle se retourne. Un cri. Comme un hurlement de monstre. Des gouttes de sang éclaboussent le visage effrayé de Simon, tachent ses cheveux bruns et ses petites mains… Jean-Philippe s'écroule devant sa femme et son fils, le couteau serré entre ses doigts, le sang s'échappant à grands jets de son cou béant.

L'OBSCUR PAYS DES SONGES

Richard l'avait aimé dès leur première rencontre, avenue Mirabeau, un après-midi de printemps; il avait vu son visage encore innocent, ses cheveux sombres, et il avait su qu'il posséderait son âme.

A cette époque, Paul-Arthur venait de fêter ses seize ans. Garçon rêveur et mélancolique, il brûlait sa peau sous les dards du soleil et, allongé sur la terrasse pour profiter des premiers éclats de lumière, il s'aventurait dans les cahots déliratoires des poètes. Ses vers favoris martelaient son crâne à longueur de journées, tantôt obscures litanies d'un maudit tantôt âpres chants d'amour. Les parents, de nobles bourgeois dont le petit commerce étalait leur aisance en devanture s'en plaignaient souvent entre eux : ils auraient aimé le voir flirter, sortir, danser dans des boums et rentrer, les yeux rougis par un petit verre d'alcool, bien après l'heure permise. Ce que d'autres critiquaient chez leur fils, ils le regrettaient chez Paul-Arthur, justement parce que ce dernier ne ressemblait en rien aux adolescents fréquentant pourtant le même collège que lui. Alors ils se lamentaient, le grondaient, lui interdisaient la lecture et la longue rêverie; chaque dimanche, au lieu de le laisser vaquer à ses sages occupations, on l'habillait, on le coiffait et, de force, il était traîné sur les boulevards parisiens sous le prétexte hypocrite de profiter du soleil; et, tout l'après-midi, le garçon boudait, extirpé de son monde immaculé tel le cygne loin de son lac. D'ailleurs, les personnes qui le croisaient étaient toutes frappées de la mystérieuse lueur scintillant dans la prunelle du jeune homme : on y lisait une profonde amertume, un mépris et de la foule et des objets, un ennui, l'envie de retrouver sa chaise longue protégée d'une couverture sous laquelle, soigneusement, il avait caché un recueil de sonnets parnassiens. On y découvrait des vers, et les voyages fantastiques dans lesquels ceux-ci l'entraînaient : Rome et ses héros, un mont grec encerclé de brumes, Cythère peuplée de pendus, l'océan hallucinant vêtu de pourpre, d'or et de longues traînées écarlates…

Pour lui, ces lieux seuls formaient la réalité ; il n'avait jamais envisagé un instant que les rues tristes où déambulait, bras contre bras, une famille bourgeoise, et la maison proprette avec ses murs chargés de bibelots grotesques, ses tapis à motifs géométriques et son odeur de pot-au-feu, puissent être autre chose qu'un cauchemar qui, heureusement, s'estompait en peu de temps. Les cours, ses parents constituaient une vie intermédiaire, une sorte de lien ténu entre les deux mondes, et les poèmes une belle et envoûtante ouverture vers l'existence. Ainsi, pensait-il, la souffrance, le chagrin ou au contraire la joie ne pouvaient avoir de valeur propre puisque, évaporé dans d'autres cieux, son esprit ne les percevait pas. Certes, le garçon savait que lui seul envisageait ses longues absences de cette manière-là et, souvent, il doutait de lui-même : n'était-ce point une illusion de dédoubler le monde ? Rêvait-il constamment ? Avait-il une consistance dans l'au-delà, ou l'au-delà en aurait-il une plongée dans le Paris gris et terne des dimanches après-midi ? Était-il fou ? Il avait lu des ouvrages sur la drogue et ses effets si semblables à ce qu'il éprouvait, et alors une sourde angoisse l'avait envahi, effacée pourtant par la certitude que, lorsqu'il ouvrait les yeux le matin et découvrait le mur blanc, sa chambre si froide, la sensation d'étouffement qui lui enserrait les entrailles à cet instant ne pouvait pas appartenir à la réalité ; comment aurait-il pu imaginer une existence commençant dans la peur ?

De même, le monde où il vivait en permanence ignorait la solitude, le désespoir ou l'amour. L'amour ! Il ne comprenait pas ce mot : les poètes l'évoquaient au côté des larmes ou de la beauté, mais il ne parvenait ni à se représenter l'amour en pleurant ni à cerner ce qu'était la beauté. Dans ses plus beaux voyages, il avait évidemment rencontré des femmes : femmes noires aux yeux lumineux, mères dont le ventre distendu contenait un amas informe de sang et de cris, prostituées aimantes, veuves acariâtres, vierges effarouchées aux cils ourlés de rosée ; il les avait admirées, candide, puis il les avait oubliées sans remords, seulement déçu de ne point éprouver à leur vue le sentiment si passionné décrit par ses idoles. Il ne s'estimait pas encore prêt à sentir sous ses doigts la chaleur de ces corps parfaits; il voulait voyager plus loin, plus haut dans les méandres d'un avenir qu'il ne soupçonnait pas.

Cependant, un après-midi d'avril, un de ces affreux dimanches où Paul-Arthur revenait de force et à contre-cœur dans le cauchemar de la fausse réalité, il rencontra Richard, et cette rencontre bouleversa tous ses projets. Cet homme grand, mince lui apparut comme un songe : on devinait de beaux yeux couleur océan, une bouche fine aux lèvres plissées dans un sourire sarcastique, on distinguait à peine une large balafre sur la joue. Richard lui dit quelques mots qu'il ne comprit point, puis il lui sourit de façon énigmatique comme s'il désirait, par ce sourire, blesser le jeune garçon au plus profond de son être; Paul-Arthur le ressentit ainsi et en demeura longtemps troublé. Puis l'homme s'éloigna. Les semaines qui suivirent épouvantèrent l'adolescent : il ne parvenait pas à quitter sa chambre impersonnelle pour regagner son monde, car, obsédé par le masque grimaçant de l'inconnu, il était hanté d'étranges angoisses, de moments de relâchement horribles; il ne pouvait plus rêver, voyager, voguer au rythme des vers. Les poèmes du reste l'ennuyaient, les poètes eux-mêmes lui semblaient inintéressants et vains. Un trouble nouveau, effrayant, déroutant s'emparait de son corps et de son esprit, qui s'insinuait dans la réalité pour la ternir.

Paul-Arthur décida alors de revoir Richard.

Richard habitait un joli pavillon en banlieue; sa femme et ses deux filles partageaient sa vie simple, édifiée au prix d'un rude labeur à la clinique où il dirigeait le service de neurologie et d'une courageuse patience. Dix-neuf années de sueur étaient gravées dans son front strié, dix-neuf années de tristesses et de pertes qui avaient laissé un goût amer. Alors au faîte de sa carrière et de sa vie, à quarante et un ans, Richard pensait avoir le droit enfin de vivre selon son cœur et de permettre à son corps des plaisirs qu'il s'était toujours refusés auparavant. Depuis quelques mois déjà, il achetait le corps de jeunes garçons, il les aimait, les possédait, puis les rejetait brutalement sur le trottoir d'où ils venaient, insensible et dur. Cette débauche le rassurait : autrefois il avait aimé les hommes, en secret car son père lui avait appris qu'un homme n'avait pas le droit d'être faible; il avait pour lui assourdi ses pulsions, il les avait réprimées, parfois difficilement, jusqu'au moment où, considérant sa vie, il s'était donc résolu à libérer son corps. Et toutes ses ardeurs, auparavant simples désirs, mais accrues par le dépit au point d'exploser en violents accès de folie, s'étalaient maintenant sous ses yeux avides sans qu'il en éprouvât la moindre honte.

Le monde désormais lui appartenait. Paul-Arthur lui appartiendrait, jouet parmi d'autres, éphèbe dont les formes harmonieuses le charmaient, et plus encore; car l'homme avait entrepris de déchiffrer le code inscrit dans l'iris de l'adolescent : il ne se contenterait plus du corps, de la chair basse et vile, il voulait posséder son âme, la maltraiter, la déformer pour mieux en jouir. Il avait deviné que derrière l'innocence du garçon se dissimulait un monde trop beau, et c'est pourquoi, mû soit par une mystérieuse jalousie soit par la perversion raffinée à laquelle il s'habituait, comme emporté par le stupre rugissant où il s'était baigné, il désirait le dévoiler, et, impudique, se l'approprier. Il ne doutait pas de sa réussite; il connaissait trop parfaitement les rouages du cerveau humain. Le sourire ambigu adressé à Paul-Arthur avait troublé ce dernier — Richard l'avait remarqué. Le reste dépendait du temps.

Lorsque Paul-Arthur frappa à la porte de Richard, l'été était commencé depuis longtemps; il avait cherché l'homme durant des dimanches entiers, insistant pour demeurer avenue Mirabeau dans l'espoir vain de le rencontrer. Puis un soir, alors que ses parents le pressaient de rentrer, il l'avait aperçu qui s'engouffrait dans un bus; échappant à l'attention de ses parents, il l'avait suivi jusqu'en banlieue, puis était revenu à pied chez lui. Depuis, il attendait son heure, essayait de s'enfuir dans sa réalité et, conscient de ce sourire maudit qui entravait son imagination, il avait finalement entrepris sa folle expédition. Ainsi, un soir après ses cours, il s'était rendu chez Richard, avait frappé et attendu, le cœur battant à sa poitrine. Une femme lui ouvrit; elle lui expliqua, indifférente, que son époux finissait son travail tard et qu'il devait ensuite passer à son club de tir. Paul-Arthur repartit chez lui. Quelques jours plus tard, il revint à la charge et se retrouva à nouveau devant la porte en chêne massif ornée d'un frappoir doré. Il frappa. Une jeune fille lui répondit : son père suivait une conférence au Collège de France et ne serait de retour que tard dans la soirée. Alors, Paul-Arthur s'en retourna. Pendant deux semaines, il tenta de ne pas céder à la hantise; la vie pourtant lui pesait : toutes ces souffrances qu'il devait supporter sans même la consolation de pouvoir errer sur les landes désertes ou voguer auprès de Colomb vers des territoires regorgeant d'or! Il passait ses longs moments de détente et d'ennui devant la télévision où, désespérément, il essayait de s'intéresser à ces images dépourvues de rêve et de charme : le moindre événement le passionnait comme si, privé de ses poèmes tel un drogué de sa poudre, il s'investissait totalement dans le pseudo-monde de la télévision afin de combler le vide qui se creusait en lui, quoiqu'il sût parfaitement l'inanité d'un pareil engagement. Ce fut ainsi qu'il se décida à nouveau à rencontrer Richard : après tout, son spleen était né de son sourire, cet homme était donc responsable, sinon coupable, de l'emprisonnement dans lequel l'adolescent se trouvait. Paul-Arthur songeait à cela en frappant pour la troisième fois à la porte en chêne.

Un homme, Richard, se dressa devant lui. Il reconnut aussitôt son visiteur et un sourire, le même sourire qui obsédait le garçon, se figea sur ses lèvres. L'homme s'effaça pour laisser entrer le visiteur, et Paul-Arthur pénétra dans un long couloir sombre où brillait, au fond, la lumière pâle de la salle de séjour. Richard l'y conduisit, et ils s'assirent l'un en face de l'autre sur des fauteuils. L'adolescent, gêné, examina la pièce : la tapisserie bleu clair chargée de fleurs de lys, le tapis épais, les meubles aux courbes pleines et au poli luisant de l'acajou, la forte odeur d'encens, toute la salle lui rappela son monde et il s'y sentit bien, étrangement détendu auprès de cet inconnu qui l'interrogeait du regard. Il parla. Il raconta une folle histoire d'enquête et de questionnaire, mentant effrontément sans en éprouver la moindre gêne, bien qu'il lût sur le visage de l'homme l'incrédulité et le doute; les mots coulaient de sa bouche comme une cascade jaillissant d'un rocher, rien ne pouvait les contenir. Richard même l'encourageait tacitement, lui sembla-t-il, par son sourire, par son attitude nonchalante. Enfin, brusquement, Paul-Arthur se tut, et le silence les assomma. Les objets vacillaient devant les yeux du garçon qui hésitait entre la réalité abstraite où l'entraînait la salle et la certitude confuse de commettre une erreur. L'homme s'en aperçut : il se leva et s'assit aux côtés de sa proie. Son esprit acéré chercha sur la face blafarde une faille où s'engouffrer, se jeta sur les yeux grand ouverts et irisés d'éclats flous et ne les lâcha plus, les dévorant, les vidant de leur flamme. Au même moment, des mains s'agrippèrent sur le corps de Paul-Arthur qui le caressèrent sans pudeur comme pour le dénuder. L'adolescent sentait ce contact brûlant, indécent, mais un malaise le paralysait : des vers le tourmentaient, mêlés de cris et d'accents lyriques, une corde de violon grinça, un flot de parfum âcre semblable à de l'opium le submergea. Et il s'abandonna à cet inconnu. Des lèvres humides se pressèrent sur ses paupières fermées comme si elles cherchaient à gober les globes oculaires. Il poussa un cri qui se perdit dans un brouhaha de chants et de dithyrambes. Il s'évanouit quand Richard, ayant cédé à son désir, l'embrassa et le posséda totalement avec un soupir rauque de bête assouvie…

Lentement, Richard apprivoisa sa victime. Après le délire charnel de leur première rencontre, leurs sens s'étaient apaisés; les amants se voyaient tous les soirs. Paul-Arthur se laissait attirer sans réticence vers une débauche qu'il appréhendait et attendait à la fois. Plus les mois passaient et plus sa résistance s'affaiblissait : son âme nue, encore pure et chaste, glissait irrémédiablement dans les griffes de son tortionnaire, mais il l'acceptait, dépassé par le plaisir sensuel qu'il éprouvait lors de leurs étreintes. La lutte dura ainsi peu de temps, et Richard enfin régna en maître sur l'âme perdue du garçon. Pourtant, il ne s'en réjouit pas. Un changement s'était opéré en lui également sans qu'il s'en rende compte et, lorsqu'il violentait sa victime soumise, il se surprenait à rougir et à la plaindre, alors qu'il aurait souhaité se montrer intraitable : Paul-Arthur l'émouvait avec ses rêves fous et ses errances incompréhensibles. Il l'aimait. Et cet amour inattendu le terrifiait.

Une année s'écoula ainsi, puis une seconde. L'aspect de Paul-Arthur s'était peu à peu modifié, et la flamme rêveuse de son regard avait disparu; le garçon traînait souvent tard le soir sur les boulevards illuminés, avec le fébrile espoir d'y rencontrer son ami, ou, s'il ne l'y trouvait pas, il l'attendait devant sa porte, étendu contre l'escalier, en fumant une cigarette dont la fumée l'emportait, quelques instants seulement, dans le monde abstrait qu'il adorait auparavant et méprisait aujourd'hui. Il avait découvert un autre monde qu'il estimait plus beau : le corps et les sensations; un voile chaud sur le cou le transportait dans un état second entre la jouissance et la nausée, une caresse le long de son dos le submergeait de bonheur, la vue abjecte d'un homme couvert de sang fumant le dégoûtait et l'attirait au point de sombrer dans une délire verbal étonnant. Et, quoiqu'il perçût clairement l'étrangeté et de ce monde et de son propre esprit, il ne parvenait à s'empêcher de pousser plus avant sa découverte du royaume mystérieux. Bien plus, la voix de Richard quand ils s'aimaient l'enchaînait à cette soif malsaine de débauches, et, dans ces moments où les sens s'émoussaient, s'excitaient, se tiraillaient entre eux jusqu'à leur paroxysme, Paul-Arthur ne contrôlait plus son corps : il cédait alors à un masochisme épouvantable et se soumettait aux pires humiliations, aux plus insoutenables souffrances, regardant, impuissant, ivre de plaisir et de douleur, ses chairs s'effilocher sous une lame, se rougir sous l'empreinte d'une cigarette, tandis que Richard, victime de sa propre folie, hurlait et pleurait en même temps. Ils se détruisaient mutuellement comme si la peur de s'aimer les conduisait à se haïr, mais ils ne le remarquaient pas et prêtaient à l'autre des vices qu'ils suscitaient eux-mêmes : Richard aiguisait l'âme de sa victime pour se déchaîner sur elle et ne plus songer à la plaindre, Paul-Arthur livrait son corps en essayant de justifier son acte par l'abandon de son existence ancienne et la recherche d'une nouvelle identité. Mais plus le temps passait et plus ils se perdaient dans un gouffre de déchéance et de répugnance, l'un oubliant femme et enfants, l'autre parents, cours, poèmes...

Richard réalisa le premier la situation périlleuse dans laquelle il s'était empêtré; sans doute son âge et ses responsabilités l'avaient-ils façonné de telle sorte que, dans le danger, il retrouvât ses capacités de jugement et pût ainsi y échapper aisément. Or, un après-midi, quand il rentra chez lui, il trouva la maison vide et une lettre de sa femme qui lui annonçait qu'elle avait finalement demandé le divorce, ne supportant plus de jouer les figurantes après de jeunes gens dépravés. Cette lettre frappa l'homme en plein cœur. Ce qui le choqua surtout fut d'apprendre que sa femme, son épouse, connaissait ses attirances pédophiles, et donc de voir ses plus intimes faiblesses étalées aux yeux de tous; la honte l'envahit qui le rongea jusqu'à l'âme, puis le désespoir, et la rage enfin l'investirent de leur obscur éclat. Il était déshonoré. L'homme fort et accompli qu'il avait été succombait sous les mots désenchantés de son épouse : il ne le supportait pas. Il songea à Paul-Arthur et aux cris de douleur ravis que ce dernier avait lâchés pendant qu'il l'écartelait : la honte à nouveau brûla ses joues. En pensant au garçon, il avait en effet senti son cœur battre dans sa poitrine comme sous le coup de l'amour, et cette seule idée le révoltait. Comment diable en était-il arrivé là ? Il ne se souvenait de rien ou refusait de se rappeler le désir de possession, l'attente, la victoire, la soumission de l'adolescent : il ne voyait plus que l'enveloppe rose posée sur la table basse et n'entendait plus que le silence angoissant de la maison vide. Alors, il décida d'en finir avec ce silence, de retrouver sa famille, de quitter Paul-Arthur.

Il le lui annonça froidement, le lendemain. Paul-Arthur ne comprit pas : son corps privé d'outrages frémissait dans l'attente du plaisir, son esprit flottait déjà vers le monde inconnu du désir, et il ne voulait pas redescendre, il ne le pouvait pas : comment donc aurait-il pu alors même que la réalité dans laquelle Richard était venu n'existait pas pour lui ? Il ne connaissait que l'existence des songes, méprisée, et les sensations éparses et violentes dont il savourait l'imperceptible volupté; il ne comprenait pas ce que signifiait la rupture, ou plutôt il ne pouvait l'accepter, car, soumise à Richard, son âme en dépendait désormais tout comme, autrefois, elle avait été l'esclave des poèmes et de songes. Rompre, c'était mourir pour lui qui n'avait laissé les vers que pour cet homme.

Richard s'énerva contre l'entêtement du garçon geignant devant lui, les mains errant fanatiquement sur son corps en quête d'un apaisement qui demeurait vain; il le secoua, le gifla, et ne reçut en réponse qu'un long gémissement. Las, honteux de l'amour qu'il sentait en lui, il s'abandonna à la colère et frappa, cria, cogna, griffa, frappa, frappa encore, et encore, toujours plus violemment, emporté par son sadisme, exaspéré par l'amour qui restait en lui comme l'écume aux lèvres d'un homme hystérique. Les cris d'extase du garçon qui s'égrainaient en decrescendo dans l'air enfumé l'aiguillonnaient, l'agaçaient, et il frappait de plus belle en couvrant de ses injures les hurlements de sa victime. Soudain, on tambourina à la porte de la chambre d'hôtel : ce bruit étranger calma instantanément Richard. La porte s'ouvrit, des policiers entrèrent en force, précédés d'un garçon d'étage. Le regard fou, encore rouge de rage et de honte, Richard les vit s'agenouiller près du corps ensanglanté et immobile de Paul-Arthur. Il entendit, sans comprendre, une voix qui chuchotait : « Il est mort ! » et sentit sur ses poignets le métal froid des menottes. On l'emmena. Qu'avait-il fait ? Cette question le hantait pendant qu'on l'embarquait dans un fourgon sous les regards curieux des badauds; il se souvenait de la lettre de sa femme, mais ne parvenait à réaliser la raison de sa présence dans la camionnette froide. Pourquoi emportait-on Paul-Arthur sur un brancard ? Pourquoi ne criait-il plus ? Il avait envie de sortir et de serrer son amant contre lui. Il l'aimait. Alors qu'il pensait cela, la voix du policier qui auparavant avait coulé sur lui comme de l'eau résonna contre son crâne : Paul-Arthur était mort. Il l'avait tué.

HALTE AU VAMPIRISME

« Halte au vampirisme ! »

Cette phrase lui trottait dans la tête, pareille à une litanie, obsédante ; il serrait le corps de sa fille, inerte, mais il ne parvenait pourtant à chasser ces mots maudits. Il tremblait. La folie le gagnait enfin, après tant d'années d'hésitations et de tentatives vaines à le posséder ; il se laissait pénétrer par la torpeur qui le berçait doucement et l'emportait sur des rivages plus clairs. Son enfant venait de mourir. Son enfant l'avait quitté. Il devrait maintenant se débattre seul dans le marasme et la honte, et il ne s'en sentait pas capable : pourquoi le ferait-il ? Depuis trois ans, il luttait, avec Émilie, pour ne pas avouer leur faiblesse ; ils avaient réussi à braver la mort, pauvres inconscients, et avaient cru alors qu'ils obtiendraient la victoire. Mais on ne triomphe pas de la mort en la niant ! Ils avaient espéré. Et elle était morte.

Émilie avait le SIDA. Elle n'avait pourtant jamais *fréquenté* personne : son seul tort avait été de grandir dans le sein d'une femme naïve, contaminée lors d'une transfusion. Elle ne se droguait pas, elle n'avait jamais reçu de sang, elle ignorait même encore comment les bébés étaient conçus. A sept ans, on ne se préoccupe pas de tout cela : on joue à la poupée. Et on dit en riant qu'on sera infirmière plus tard. Comme maman. Parce que maman était infirmière avant de partir au ciel. Mais Émilie savait la vérité ; elle l'avait devinée bien avant que son père ne la lui avoue, la voix pâteuse. Quelque chose qui ne lui plaisait pas dans son corps, une étrange sensation. Comme si elle se consumait de l'intérieur. Et aussi les regards des autres. Elle détestait ces regards apitoyés et pleins de larmes, ces rubans rouges épinglés à la veste qui lui rappelaient une émission sur des gens qu'on tuait parce qu'ils portaient une étoile jaune au veston. Le ruban rouge.

Comme un filet de sang sur le cœur. Papa en avait un sur lui quand maman était morte; il l'avait enlevé après l'enterrement. Trop obscène. Le sang de maman sur la veste. La marque de la mort. Alors qu'ils voulaient l'oublier. L'oublier pour toujours.

Mais Émilie n'avait pas résisté. Un coup de froid sur son corps vulnérable l'avait fauchée comme une fleur. Et elle gisait dans les bras de son père, ses yeux bleus grand ouverts, fixés vers le ciel, méchants, accusateurs.

« Halte au vampirisme! »

Pourquoi cette phrase-là? Il l'avait criée à son patron, l'année précédente, quand il avait démissionné. Depuis, ils vivotaient : il bossait pour le SMIG dans un supermarché, juste assez pour payer les soins et les pilules. Ils habitaient un studio crasseux. Humide. Froid. Un vrai tombeau pour une fille comme Émilie. Mais ils ne voulaient pas mourir enfermés dans la prison dorée de la vie moderne, ils refusaient le *business* de la mort, le déballage pitoyable et médiatique où ils auraient été plongés si... Si quoi? Rien n'était aussi clair aujourd'hui qu'hier. Il ne savait plus : peut-être sa fille vivrait-elle encore s'il avait accepté l'aide d'une Association et si son patron avait présenté Émilie au directeur général, aussi membre influent d'une organisation de lutte contre le SIDA. Sans aucun doute même. Ils logeraient dans un bel appartement, tout neuf, Émilie recevrait les meilleurs soins, dans une clinique privée au-dessus du lac Léman, elle passerait à la télévision pour raconter leur tragique histoire à un public en mal de scoops. On leur dirait : *pauvres gens, si ce n'est pas malheureux*. Mais au fond d'eux, ils entendraient : *c'est bien fait, à force de se piquer et de couchailler!* Et ça, jamais il ne l'aurait supporté.

Non. Émilie était morte. Elle avait lutté seule, non pour survivre un mois de plus, mais pour retrouver la dignité que la maladie souille en même temps que le sang. Ensemble, ils s'étaient découvert la force nécessaire pour cracher sur la mort, sur les autres. On les avait méprisés, parce qu'ils méprisaient une aide intéressée. Et alors? Émilie était-elle morte plus malheureuse? Avait-elle plus souffert? Il ne le pensait pas. L'éclat de ses yeux, si pugnace, si vif, le fortifiait dans son idée : elle luttait encore au moment de mourir comme n'importe quelle autre fillette de son âge aurait lutté si la mort l'avait surprise, au hasard. Parce qu'Émilie était une fillette. Une simple fillette. Avait-on besoin d'un ruban rouge pour rappeler à la conscience que même une fillette peut mourir? Que la mort se terre partout? Dans une éprouvette, dans du sang, dans du sperme, mais aussi dans le ventre d'une mère? Avait-on besoin de le seriner à force de trémolos? Pourquoi? Certes pas pour donner le goût du combat... Car à quoi bon lutter si le sang colore déjà vestes et mains? Pourquoi ne pas fermer les yeux, croiser les mains et prier face à un Dieu quelconque, fiction ou idole?

La folie le possédait; tout l'édifice de son âme s'écroulait. Sa fille morte, il ne restait rien qu'un corps vide et inutile. Un homme sur qui, bientôt, pèserait tous les reproches et toute la honte qu'on lui avait réservés : *il avait condamné sa fille*, clamerait-on tantôt, *il l'avait peut-être même contaminée. Après tout, maigre comme il l'était, il ne pouvait être que toxico ou malade. Et son air prétentieux! Et la fierté qui avait tué sa petite fille! Pauvre petite*... Il les entendait déjà. Il voyait déjà leur visage se plisser d'horreur et de plaisir sournois en le regardant marcher derrière le cercueil de son enfant : il les avait déjà vus lors de l'enterrement de son épouse. Ces yeux de vautour avides du malheur d'autrui. Se délectant du sang. Et de la mort. Pupilles toutes luisantes de mort. De soufre et de vitriol. A l'époque, il les avait supportés pour et avec Émilie; ensuite, pendant trois ans, ils les avaient ignorés. Mais tout avait changé. Il devrait lutter seul. Et il n'y parviendrait pas. Il n'avait plus de raison d'y parvenir : sa tâche pour donner un rien de sens à leur vie s'était achevée en même temps que l'existence de sa fille. Maintenant, enfin, il pouvait se laisser investir par la folie qui le transformerait en dément : paranoïa... lucidité...? Il s'y plongeait avec plaisir et soulagement. Les beaux yeux révoltés d'Émilie veillant sur lui.

LES ENFANTS DU NÉANT

Adèle vacillait sur sa chaise. Ses mains s'accrochaient à la table pour ne point trembler, mais elles frémissaient tout de même, tendues à l'extrême par la peur et la gêne. ILS l'observaient. Trois hommes en blouse blanche. L'un d'eux, et lui seul, lui souriait; il paraissait plus jeune que les autres. Adèle l'aimait déjà. Les Autres la dévisageaient avec une curiosité frisant la grossièreté; leurs yeux globuleux la fixaient et cherchaient à pénétrer son âme, insidieusement. Elle résistait encore, malgré l'angoisse qui lui nouait la gorge. Parce qu'elle savait qu'elle n'aurait jamais plus de calme s'ILS réussissaient à la sonder. Elle avait déjà lu les sombres messages de son esprit, et ils la terrifiaient suffisamment pour ne pas les dévoiler à d'autres qu'elle. Son crâne résonnait comme une boîte vide; les fils branchés sur son front, sur ses tempes la gênaient : ils s'enfonçaient, lui semblait-il, à travers ses os jusqu'à la pâte plissée de son cerveau. On voulait mettre à nu tous ses secrets. Peut-être même les avaient-ILS déjà découverts sur les dents étroites de l'électroencéphalogramme. Et ILS allaient l'enfermer. Comme ILS avaient enfermé sa mère. Comme plus tard ILS enfermeraient sa petite fille qui criait dans une pièce voisine, réclamant le sein. Toujours les mêmes hommes durs. Froids. Et, derrière eux, le sourire piteux d'un assistant. La nausée frappa les dents d'Adèle; la jeune femme pressa les doigts contre le bois laqué. Elle ferma les yeux. Alors elle le vit encore : un petit garçon au crâne rasé cognait deux pierres l'une contre l'autre; il portait une longue chemise à rayures qui lui couvrait les genoux; à la place des yeux, les orbites vides saignaient, écarlates telles deux cerises piquées par les oiseaux. Il chantonnait. Toujours la même mélodie qui s'effilochait en plainte entre les coups stridents des pierres. Il était là, devant elle, dans sa tête, sous ses paupières. Il apparaissait dès qu'elle fermait les yeux et, à peine les cils relevés, disparaissait. Il hantait ses nuits de sa chanson triste depuis si longtemps qu'elle s'était habituée et qu'il faisait partie intégrante de sa vie au même titre que son petit chat, Chouette, et que son bébé. Elle l'aurait même totalement oublié s'il n'avait pas commencé à la visiter aussi pendant son éveil. Et à lui parler.

Adèle rouvrit les yeux. Les trois Hommes s'étaient levés et discutaient entre eux. Bientôt, ILS lui ordonneraient de préparer ses affaires et elle partirait dans un grand hôpital, au milieu de gens déformés, hurlant des paroles incompréhensibles ou s'agitant dans tous les sens. Et alors… Adèle se souvint des visites à sa mère quand, enfant encore, son père la conduisait à l'hôpital, chaque dimanche; il lui montrait une femme hagarde, pâle. « Voilà maman! » murmurait-il avec peine, et elle devait embrasser cette femme dont la peau glacée semblait vouloir se déchirer au moindre contact. Pendant deux heures, ils restaient devant elle : son père lui racontait des histoires amusantes, des anecdotes arrivées durant la semaine, Adèle lui donnait les dessins qu'elle avait faits à l'école, mais la femme ne bougeait pas. Ses yeux regardaient un objet dans le vide qu'Adèle ne voyait pas, et parfois un sourire ou un chuchotement vers ce mystérieux objet écartaient ses lèvres translucides. Voilà ce qu'elle deviendrait elle-même, s'ILS apprenaient l'existence du garçon. Peut-être, d'ailleurs, le savaient-ILS déjà.

L'un des Hommes — celui au visage le plus grave — l'appela soudain. Adèle sursauta; son corps entier se contracta comme sous l'effet d'une décharge électrique, et elle parvint à peine à répondre, dans un souffle. Il lui dit alors les mots tant redoutés. Étrangement, ceux-ci parurent moins atroces qu'elle ne l'avait prévu. Il lui expliqua que son cas était délicat et nécessitait d'autres examens plus approfondis, qu'il était donc préférable qu'elle séjourne quelque temps à l'hôpital, mais qu'il ne fallait pas qu'elle s'alarme. Elle hocha la tête. Elle sentait qu'il mentait. Elle savait ce que signifiaient réellement ces mots, ILS l'avaient trouvé, lui, l'étranger, et ILS allaient les enfermer, lui et elle, ensemble. Et l'idée de passer sa vie avec lui lui parut alors insurmontable. Entendre sa chanson. L'écouter se plaindre de l'odeur de la mort et du feu dans son étrange dialecte aux accents germaniques. Tous les jours, à chaque instant de sa journée… Adèle se leva; son père l'attendait dans le couloir avec les enfants, Thomas, son p'tit homme, à la main, et sa fille contre sa poitrine. Leurs regards se croisèrent — battement fugace des ailes sombres d'un rapace. Elle baissa le menton. Il avait compris, lui aussi. Et des larmes roulaient sur sa joue comme vingt années plus tôt, lorsqu'il avait appris le prochain internement de sa jeune épouse, alors mère d'une fillette de deux ans. Encore une fois la solitude, les visites stériles, l'attente obscène d'une mort réparatrice qui tarde à venir. A nouveau les questions de l'enfant et la lente angoisse de sombrer dans la folie. Il ne dit rien, c'était inutile; il lâcha seulement la main de son petit-fils pour essuyer ses pleurs et caresser doucement les cheveux d'Adèle, sa fille, sa petite fille.

* * *

Adèle! Adèle! Connaissez-vous le nom du soldat qui m'a offert cette pierre? Il s'appelle Wolfgang. Comme le célèbre compositeur autrichien. C'est une belle pierre, vous ne trouvez pas? Elle ressemble à mon crâne. Toute lisse. Toute creuse. Vous savez Adèle, eux aussi, ici, ils disent que je suis fou, parce que je vous parle, mais je sais que je ne suis pas fou. Ce que je vois existe bien, sinon comment pourriez-vous me répondre? Alors, qu'ils m'enferment s'ils le veulent, qu'ils me fracassent le crâne, pourvu que je puisse voir vos beaux yeux bleus et entendre le son de votre voix... Je n'ai plus que vous au monde, Adi. Oh! Puis-je vous nommer ainsi? Maman portait le même prénom que le vôtre, et mon grand frère a tenu à le donner à sa fille. Mais ils l'ont tuée en même temps que maman, sous la douche. Ils ne l'ont pas avoué, mais j'ai vu leurs corps derrière le dortoir d'un ami; elles étaient nues toutes les deux et Adi avait la bouche grande ouverte. Elle a dû mourir en hurlant, comme mon frère, quand ils lui ont tiré dessus avec leurs mitraillettes : il a crié si fort que j'ai cru que tous les gens du village voisin allaient se précipiter contre le grillage. Mais personne n'est venu... Hier, j'ai pu manger du pain frais. Wolfgang m'en avait apporté une tranche. Je crois qu'il m'aime bien parce que je le laisse me toucher et que je ne raconte rien aux autres; en fait, je n'aime pas cela du tout, mais j'ai trop peur de finir dans la cheminée pour protester. Et puis j'ai honte de moi : papa disait qu'on n'a pas le droit d'aider ou de faire plaisir à un ennemi, ou sinon on est un traître. J'ai honte parce que je suis un traître en acceptant de « faire du bien », comme il le dit, à un soldat allemand. Je pourrais refuser, mais j'ai tellement peur de mourir. Tu n'as pas peur toi ? C'est drôle d'imaginer qu'après on ne sera plus qu'un tas de poussière et qu'on ne pensera plus, qu'on ne sera plus rien ; papa disait qu'on devra attendre le Jugement dernier, mais Wolfgang m'a juré que, après la mort, il n'y a rien à attendre ni rien à faire, qu'il n'y a que le néant et qu'on n'existera plus. Et cela me terrifie de savoir qu'un jour, j'oublierai à jamais mes parents, mon frère, ma petite sœur, toi, parce que je n'aurai plus ni corps ni esprit. J'y pense tout le temps, surtout quand l'odeur m'empêche de dormir, la nuit. L'odeur de la mort. L'odeur du néant. L'odeur d'un cri muet... Adi ? Vous m'écoutez toujours ? Pourquoi pleurez-vous ? Votre fille vous manque ? Vous la verrez dimanche, Adi, quand votre père viendra vous voir avec Thomas ; moi, je ne reverrai jamais papa ni maman ni Rachel. C'est elle qui me manque le plus. Elle était si mignonne, si petite, et ils l'ont tuée, elle aussi, comme si elle pouvait leur faire du mal. Est-ce que je vous ai déjà parlé de sa naissance ? Non. Vous voulez que je vous la raconte ?..

Nous habitions encore Hambourg, et papa travaillait à la librairie comme avant la guerre ; comme le climat était un peu tendu, maman avait décidé de ne pas garder le bébé. Elle essaya des dizaines de combines pour tuer le bébé encore dans son ventre, mais rien n'y fit ; Jéhovah avait voulu que ma sœur vienne au monde, on ne pouvait lutter contre sa suprême volonté. Le jour de sa naissance, les Anglais bombardèrent la ville du matin au soir, et nous ne quittâmes pas la cave. A chaque explosion nous priions pour mourir tous ensemble ; puis, tout à coup, maman a hurlé. Un seul cri. Et le bébé est né juste après ; elle avait eu tellement peur de mourir qu'elle n'avait pas senti les douleurs. Rachel est venue comme elle est morte, silencieuse et seule. Le lendemain, ils nous arrêtaient pour nous conduire ici où elle s'est éteinte avec la femme de mon frère, peu de temps après notre arrivée. Née en hiver, elle n'a même pas connu le printemps. Pourquoi, Adèle ? Pourquoi la vie se déroule-t-elle à l'inverse du bon sens ? Et pourquoi sommes-nous enfermés ? Qu'avons-nous donc commis pour mériter un tel sort ? Le savez-vous, Adèle ? Adèle...

* * *

Elle ouvrit les yeux. Il avait disparu à nouveau. Elle n'entendait plus sa voix aiguë et geignante, le son désagréable des pierres qui s'entrechoquaient. Devant elle, il n'y avait que le mur blanc de sa chambre et le visage sec d'une infirmière; elle tendit mécaniquement les bras, on glissa son plateau, elle les rabaissa lentement, hypnotisée par la couleur immaculée du mur qui se dupliquait à l'infini dans ce vaste hôpital. Encore un repas. Des aliments sans saveur qui formeraient une pâte immonde sur sa langue. Elle repoussa le plateau. Encore une fois. Elle savait qu'une autre infirmière viendrait alors et qu'on lui introduirait une longue aiguille dans la veine, mais cela l'importait peu. Elle devait penser, penser au meilleur moyen de cacher ses visites étranges et son hôte anonyme dont elle avait entendu toute l'histoire, les cacher aux Hommes qui tentaient de les dénicher. Elle ignorait par contre ce qui l'incitait à le cacher, alors même qu'elle appréhendait sa venue et souhaitait s'en débarrasser. Il faisait partie d'elle-même, il lui ressemblait, ils étaient liés par un destin extraordinaire au travers du temps et de l'espace : cela lui suffisait pour l'instant afin de continuer son jeu de dissimulation.

Tous les jours, pourtant, ILS la questionnaient. Toujours les mêmes questions : à qui parlait-elle seule dans sa chambre? Comment expliquait-elle ses crises d'épilepsie, ses marques sur le corps, ses moments d'égarement? Pourquoi se privait-elle de nourriture et ne dormait-elle que rarement? Entendait-elle des voix? Et toujours le même silence répondait à leurs interrogations. Alors, ILS la bousculaient, violents, hargneux. ILS la menaçaient. Elle voyait son dossier sur le bureau, à côté de celui de sa mère qu'ILS avaient extirpé de la poussière et de l'oubli. Sa mère... D'après son père, ILS l'avaient enfermée parce qu'elle souffrait de schizophrénie; elle entendait des voix, lui avait-il raconté de sa triste voix, elle parlait des heures entières avec un interlocuteur invisible ou pleurait, sans raison, en secouant la tête. Parfois, il lui arrivait de hurler et de s'évanouir, de se débattre sur le sol en proie à des démons intérieurs; le père s'était inquiété auprès de divers médecins qui l'avaient examinée, puis l'avaient enfermée. Tout comme Adèle. Elle était restée internée douze années, jusqu'à son suicide, et son état — en aucun moment — ne s'était amélioré. Au contraire, consciente au début de son séjour, elle s'était peu à peu retranchée dans son monde secret et protégé d'où ne la tiraient que de rares instants du lucidité; elle s'était finalement pendue avec la ceinture de son peignoir. Adèle se rappelait encore l'enterrement. Gris. Triste. Et leur formidable solitude au cimetière, le père et la fille, devant la tombe. Pendant que le prêtre avait récité la prière aux morts, Adèle avait fermé les yeux ; il était là, avec ses deux pierres lisses et creuses comme son crâne rasé, et la mélodie. Les larmes l'avaient noyé.

* * *

J'ai perdu ma pierre, Adèle. Je l'ai posée près de la cantine quand Wolfgang m'a appelé, et, en sortant, je ne l'ai pas retrouvée... Je... Oh, Adèle! Je vais mourir de honte! Wolfgang m'a fait si mal aujourd'hui. Et les cheminées fument. Il a mis sa chose dans mes fesses, Adèle! J'ai failli crier, mais j'ai mordu le matelas pour me retenir. J'ai pleuré. Il soufflait comme un chien. Et je sentais cette odeur. Oh, Adèle... Je saigne. J'ai taché tout mon pantalon, les autres me regardent avec haine. J'ai peur, Adèle, peur d'être lâche alors que j'aimerais être fort, peur de vivre quand je devrais être mort...

* * *

L'odeur. Elle la sentait maintenant, et c'était insupportable. Elle avait essayé de ne plus y penser, mais en vain. L'odeur persistait, âcre, morbide, immonde. Son estomac se soulevait par secousses, à mesure que le garçon égrainait sa complainte. Pauvre petit! Il pleurait, et elle n'osait pas le consoler. Il souffrait. Une souffrance pourtant connue. Et elle ne pouvait le réconforter sans signer sa folie. Son âme était partagée maintenant entre la douleur du garçon et ses souvenirs pénibles. Adèle hésitait. Le petit saignait. D'un sang aussi rouge que celui de ses yeux. Elle reconnaissait ce sang, ce même sang qui avait coulé sur ses cuisses, un soir de novembre, l'année de ses dix-huit ans. Le viol. Il avait le visage de son fils et la hargne cruelle d'un nazi. Elle n'avait pas le droit de renier ce sang.

* * *

— *Pourquoi saignes-tu autant, petit garçon?*

— *Oh, Adèle! comme vous êtes bonne de vous intéresser à moi. Je n'espérais plus entendre votre voix. Après tant de temps.*

— Où sont tes yeux?

— Je ne vous l'ai point dit? Ils me les ont percés quand ils m'ont surpris près du corps de maman. Pour que je ne les espionne plus. Mais je vois encore, de l'intérieur, suffisamment pour vous trouver belle. J'ai peur, Adèle.

— N'aie pas peur, je suis là maintenant. Nous resterons ensemble, et il ne pourra rien nous arriver.

— Je n'y peux rien, Adèle. Mon corps ne m'obéit plus. Ils m'ont réduit en cendres par la haine bien mieux qu'ils ne le feront jamais dans leurs cheminées. Je m'efforce d'espérer, mais le ciel semble plus sombre encore que la fumée. Et cette odeur.

— Ah oui, l'odeur...

— Vous la sentez aussi? Alors, vous êtes si près de moi? Peut-être qu'en tendant nos mains nous nous toucherions un peu. Mais non, nous sommes fous, n'est-ce pas? Je n'existe pas dans votre monde et vous n'existez pas dans le mien. C'est pour cela qu'ils nous tiennent enfermés. Parce que nous croyions voir et entendre un être sans réalité. Après tout, qui de nous existe vraiment?

— Je l'ignore. Mais faut-il réellement le savoir? Pourquoi ne nous accommodons-nous pas de la situation telle qu'elle se présente. J'en ai assez de lutter et d'être seule.

— Vous n'êtes pas seule, vous avez votre père, Thomas et la p'tite.

— Ils ne vivent plus auprès de moi. Bientôt, ils me regarderont avec des yeux pleins de pitié et d'incompréhension. Comme je regardais ma mère. Ils ne me comprendront jamais.

— Oui, je sais. Ici aussi, ils ne me comprennent pas. Les autres enfants refusent de me parler, les adultes me traitent pareillement qu'un animal enragé. Même Wolfgang me fait du mal alors que je lui avais fait confiance. Pourquoi tout le monde me rejette-t-il, Adi? Qu'ai-je donc commis pour être traité de la sorte?

— Je n'en sais rien. Parfois, les gens agissent drôlement, tu sais... Et certaines personnes naissent sans avoir la chance avec eux; quoiqu'ils fassent ensuite, le destin leur tombe dessus et les assomme. Même s'ils ne font rien de mal. Nous devons appartenir à ces gens-là. Des drôles de gens. Toujours brimés. Avec une drôle de vie et des tonnes de problèmes.

— Oh oui, Adèle! Des millions de problèmes. Autant que le ciel compte d'étoiles.

* * *

Adèle parlait des jours entiers désormais à son petit compagnon. ILS l'avaient changée de pavillon; elle vivait maintenant avec les mêmes êtres difformes et agités qui l'épouvantaient lorsqu'elle venait rendre visite à sa mère. Mais elle ne les remarquait pas. C'est à peine si elle réalisait qu'on lui apportait à manger ou qu'on lui adressait la parole : la réalité lui semblait voilée par un épais rideau, et elle n'en percevait plus que des bribes, sons, mots, goûts, odeurs, sensations éparses qui se confondaient et se perdaient dans quelque obscur recoin de sa mémoire. Elle était enfermée. Telle était la dernière certitude qui lui restait du monde concret. ILS avaient certainement découvert son ami et voulaient la punir en l'isolant de la vie normale. Son esprit ne retenait plus que cette information et la ressassait sans cesse, obsessionnellement, irrémédiablement. ILS avaient réussi, elle était devenue la même femme pâle et hagarde qu'elle avait détestée, enfant. Une ombre au pays des vivants. Sombre. Exsangue. Morte. Adèle sentait vaguement cela, mais cela lui importait peu.

Elle avait peur maintenant; la solitude l'épouvantait, et elle appelait fréquemment le garçon. Ils discutaient à voix basse, étrange monologue dans la bouche de la jeune femme que les infirmières surprenaient parfois. Elle connaissait tout de lui. Elle le considérait un peu comme son fils, le consolait, lui chantait des berceuses. Tendres chansons, hymnes naïfs. Ensemble, ils oubliaient l'odeur morbide qui envahissait leurs veines, battait sous leur peau au rythme de leur cœur et les engourdissait. Adèle avait tout raconté à son nouvel ami, même les plus intimes secrets qu'elle conservait pour elle dans un endroit clos de son crâne; ainsi, en pleurant doucement, elle lui avait décrit le viol et la naissance de son fils, puis son amour crédule en un jeune homme qui l'avait abandonnée enceinte, la naissance pénible de sa fille à laquelle elle avait refusé de donner un prénom. Son père l'avait nommée Adeline. Elle lui avait dit les crises, quand les coups de pierre résonnaient trop fort dans sa tête : elle se roulait par terre alors, lui avait — elle expliqué, elle bavait, elle criait. Et il s'était excusé, tout penaud. Pour la première fois, Adèle avait livré son âme. Elle s'était en même temps déconnectée de la fade réalité où rien ne la retenait. De ses enfants non désirés. De son père lui racontant tous les dimanches les mêmes histoires qu'à sa mère. De la vie. Et même si le monde — informe, évanescent — où elle évoluait désormais avec le gamin au crâne rasé lui paraissait plus angoissant que le monde réel, elle l'acceptait, elle l'aimait. Peut-être avait-il toujours existé quelque part en elle, mais elle ne l'avait jamais admis auparavant. Longtemps elle s'était refusée d'écouter la lente mélopée de son nouvel ami. Et le choc des pierres l'une contre l'autre. Parce qu'elle avait vécu trop longtemps avec son passé. Avec l'image de sa mère folle, de son père sanglotant. Et le visage baigné de sang d'un petit garçon d'une autre époque sous ses paupières. Adèle avait lutté contre lui alors qu'il implorait son aide. Alors qu'ils étaient unis l'un et l'autre par la même vie de ténèbres et de murs.

* * *

— Adèle! Adèle! Réveillez-vous, Adèle! C'est moi, votre petit garçon! Je vais mourir, Adèle! Réveillez-vous!

— Jacob? Que t'arrive-t-il, petit?

— Je vais mourir, Adèle... Wolfgang m'a dit de me préparer pour la douche. Il ne m'aime plus, il en aime un autre, un petit qui est arrivé par le train de samedi. Il ne veut plus de moi. Il m'a dit que je ne l'amusais plus parce que j'étais fou et que je parlais tout seul. J'ai essayé de lui expliquer que je discutais avec toi. J'ai tenté de lui dire. Mais il m'a frappé. Je saigne... Je dois me préparer... Oh, j'ai si peur, Adèle!

— N'aie pas peur! Ils ne te feront pas de mal.

— J'ai vu maman et Adi; Adi criait, mais elle était morte. Adèle, je vais crier aussi, vous m'entendrez crier et j'aurai honte de mourir lâchement. Mais j'ai tellement peur... Ils ont allumé le feu. Ils brûlent des cadavres depuis le matin. Bientôt ils me brûleront aussi et vous sentirez l'odeur de mon corps. Et je ne pourrais rien faire pour vous aider, parce que je serai dans le néant. Oh, Adèle! dites-moi que le néant n'existe pas et que mes parents m'attendent de l'autre côté! Dites-moi que Rachel n'est pas née seulement pour un hiver, mais que Jéhovah l'a appelée à Lui. Dites-moi que Wolfgang m'a menti. Je vous en prie... Pourquoi vous taisez-vous? Adèle, ne me laissez pas! Vous n'avez pas le droit... Oh, les voilà, Adèle! Ils m'emmènent. Dites-moi que ce n'est pas vrai. Adèle! Nous sommes frères, nous ne formons

qu'un seul être, vous ne pouvez pas m'abandonner maintenant! Pensez à mon cri, Adèle, qui vous glacera le sang où que vous soyez et vous hantera toutes les nuits si vous ne m'aidez pas... Je ne demande pas grand-chose, Adèle. Je sais que je vais mourir, que pourrais-je donc vous demander? Je vais mourir à une époque où vous n'étiez pas née... Adèle... Ils me déshabillent. Il y a tant de monde autour de moi. Des crânes rasés. Des croix gammées. Des étoiles. Adèle, j'ai peur. Maman avait la peau noircie comme un vieux parchemin, Adi avait la bouche ouverte. Adèle... je suis sous la douche, serré contre des corps nus et efflanqués. Je vais m'anéantir. Disparaître... Oh, cette odeur! Vous la sentez, n'est-ce pas? Elle est pire que celle de la mort. Elle... elle m'étouffe, Adèle. Les autres tombent, vomissent. L'odeur. Je vais mourir... J'ai mal aux yeux. Je... J'ai peur. Oh! Adi... NON.

* * *

Le cri. Un cri inhumain. Effroyable. Qui la souleva, l'emporta dans un délire formidable. Elle se débattit. Sur ses bras nus, des mains la griffaient, anonymes, cruelles. Pourquoi ne le voyait-elle plus? Une douleur s'emparait violemment de son crâne, comme s'ILS lui enfonçaient un poignard dans le cerveau. Puis une autre. Son corps se raidit, sursauta sans qu'elle le veuille. Et toujours le cri, plus puissant encore. Désespéré. Atrocement désespéré. Elle voulut répondre à ce hurlement, mais ne put ouvrir la bouche. Quelque chose l'obstruait. Adèle ouvrit les yeux. Des visages se penchaient sur elle. Grotesques. Elle essaya de saisir quelques mots, mais le cri dissimulait tout de son ampleur. Où était-elle? Elle reconnut les traits amicaux de l'assistant du premier jour, dans un coin; il la dévisageait avec une mine dépitée, presque écœurée. Elle frissonna. Une nouvelle douleur, plus aiguë, la replongea dans les ténèbres angoissantes où flottait une odeur désagréable, amère et nauséabonde, qui se répandait, croissait, la saisissait. Elle vomit. Des mains s'affairèrent sur son cou, paniquées. Puis elle sentit une violente décharge lui parcourir le corps...

Alors, en une seconde l'ultime seconde —, elle réalisa que les nazis gazaient son ami et que les médecins la soumettaient aux électrochocs. Elle comprit cela subitement, furtivement, comme si un éclat de lumière avait inondé une parcelle de son esprit. Puis, soudain, tout disparut. Adèle sombra dans un néant bien plus profond que la mort. Incapable d'analyser, de saisir ce qu'elle éprouvait. Elle perçut des visages sans forme, un hurlement s'estompant sous les brumes naissantes. Et, très loin en elle, une odeur de cendres lui titilla les sens. Un corps d'enfant se consumait lentement : des globes sanglants la regardaient. Enfin, elle ne vit plus rien. Rien d'autre que du vide et du silence. Le néant.

FUITE

L'homme n'a point de port, le temps n'a point de rive;
Il coule, et nous passons!
Lamartine (*Le Lac*)

La rivière intrépide se mêle aux eaux sombres du fleuve qui coule à trente mètres sous mes pieds. La nuit est tombée et le vacarme des automobiles a cessé pour laisser s'enfler les rugissements du Rhône dans mon crâne épuisé. Pensif, je me souviens, en observant la masse obscure se mouvoir si bas, d'une nuit d'été comme celle-là, vingt années auparavant…

Le pont était alors moins imposant qu'il ne l'est aujourd'hui : un simple pont de bois aux rondins pourris et aux clous grinçants que l'on franchissait en récitant des *Je vous salue Marie*, ou en claquant des dents. Il surplombait la jonction entre le torrent fou et le fleuve magnanime, les bouillonnements d'eaux brassées et les tourbillons sans fond qui engloutissaient un tronc à dix mètres de profondeur et le vomissaient un peu plus loin, déchiqueté, méconnaissable; il surplombait la mort, et nous le savions, adolescents en mal d'indépendance, révoltés contre la société et contre nous-mêmes. J'avais assisté à mai 68, à Paris, blessé dans une manif par une matraque de CRS, avant de regagner le Valais et le village de mon enfance, plus motivé que jamais à lutter pour la liberté. Nous étions toute une bande de Français nés ailleurs, fils d'ouvriers ou de plombiers; nous portions les cheveux longs; nous fumions des joints; nous acclamions Jimi Hendrix à la radio et nous méprisions ces fichus Amerlocs qui ravageaient le Vietnâm. Huit gosses assoiffés d'aventures qui flirtaient dans les cours d'école avec des filles « libérées ». Huit gamins de vingt et une berges qui causaient toute la nuit de la paix dans le monde et de LSD. Un peu écartés des grands centres où se réunissaient les jeunes Suisses pour clamer leur haine ou leur ras-le-bol, nous propagions autour de nous une ambiance morbide, une odeur de déception et d'amertume, et les anciens du village, qui avaient accueilli nos parents mômes, qui avaient râlé contre notre impolitesse et nos crasses de gosses, se retournaient sur notre passage pour soupirer.

Nous étions huit donc : Paul détestait les femmes et affichait son homosexualité sur le dos de son blazer mauve; Chris, guitariste et compositeur, végétait dans ses études de médecine; Bertrand, poète maudit qui vénérait Rimbaud, écrivait des odes sur les murs de la commune; Stéphane, étudiant brillant en chimie et camé à mort, agonisait lentement telle une fleur se fane; Gérard le fou épousait une Espagnole rencontrée à Paris et l'abandonnait, enceinte, sans un sou, sur un trottoir de Genève; Raymond, pyromane, incendiait les toilettes publiques ou s'exhibait nu devant le collège des filles sous l'étrange prétexte de les aider dans leur lutte pour l'égalité; Jérôme, fils de professeur d'uni marxiste et amant d'une peintre de cinquante-quatre ans, dépensait son ardeur dans les plaisirs de la chair; et moi. J'hésitais encore entre une folie démentielle ou une vocation religieuse, tout en beuglant de plus en plus fort, à la messe du dimanche, que Dieu n'existait pas. J'étudiais le droit dans l'espoir de devenir un grand homme, une version *white* de Martin Luther King, et pianotais sans penser que j'aurais pu cacher quelque talent secret. Amoureux fou de la Femme, j'en amenais tous les samedis chez nous, les présentais à mes parents, les photographiais nues sur mon lit, et leur envoyais des roses le lendemain en signe de rupture. Je croyais en l'égalité des sexes, même si pour moi, un juge féminin ne devait sa présence dans un tribunal qu'à sa faculté innée à écarter les cuisses; en l'égalité des races, même si je considérais toujours un Noir comme un esclave à coton; en la paix dans le monde, même si les armes me fascinaient; en mai 68, et en tout ce qui nécessitait de hurler sans réfléchir. J'étais un révolutionnaire dans l'âme, convaincu par la pratique, non par la raison. On me surnommait affectueusement « Paradoxal » et j'en étais bêtement fier.

Une bouteille de bière à la main, un joint dans l'autre, nous promenions ainsi nos révoltes dans les villages voisins, et nous devions pour cela traverser le pont, le faible pont qui fléchissait sous notre poids. Parfois, nous nous arrêtions en plein milieu et plongions notre visage dans les méandres mortels du fleuve. Alors, dans les brumes de l'alcool et de la drogue, nous divaguions, souhaitant soudain nous noyer dans ces eaux secrètes, nous perdre dans les voluptés de la boue et du sang, oublier la guerre, la paix, les femmes et nous-mêmes. Nous suicider. Oui, plus le pont pliait vers la mort, et plus de nos lèvres s'échappaient de macabres pensées.

Ce jour-là, un soir d'été comme tant d'autres, Stéphane avait grimpé sur la barrière de sécurité, le corps détendu, les bras écartés, jambes serrées. Pareil au Christ assassiné, à l'*Agnus Dei* de la Bible. Et il avait hurlé longuement, tandis que le vent s'engouffrait dans sa veste, la gonflait, le poussait. Je frissonnai alors, et les autres aussi, conscients soudain que notre destin se rapprochait de l'eau qui nous aurait ballottés jusqu'à la mer comme un fardeau encombrant. L'eau éternelle qui jamais ne repassait sous le même pont. Bertrand avait évidemment déclamé Apollinaire et j'avais chantonné un vieil air d'autrefois, une contine que me chantait ma mère pour m'endormir, quand j'étais enfant. Le dernier sommeil. Stéphane avait étendu encore plus ses bras maigres, cambré son corps de mort-vivant, toujours en égrenant une plainte monocorde qui faiblissait parfois, puis reprenait vie. Nous avions scandé tous ensemble un poème de Breton qui avait glissé entre les rondins pourris et avait survolé le fleuve tumultueux. Le Christ à l'agonie sous des mots surréalistes paraissait diabolique, ainsi découpé de l'obscurité, pressé d'un brouillard opaque, les cheveux flottants, la bouche ouverte, les mains en sang; il étalait sur sa face les stigmates de la drogue, pauvre Stéphane, cher et fou Stéphane debout sur la barrière face à l'eau désintéressée et frivole.

Et ce fut là, au moment où un cadavre d'arbre fut éjecté sur la rive, qu'il avait sauté. Les bras ouverts et les pieds serrés, il avait détendu son corps long et maigre dans un effort ultime et s'était laissé porter par le fœhn. Sur le fait, nous n'avions pas crié, admirant, béats, le vol superbe de notre compagnon, puis le pantin désarticulé que le fleuve avait avalé avec fracas. Puis avait déposé sur la rive plus loin. Défiguré. Sur le fait, rien ne nous avait traversé l'esprit, si ce n'est le poème de Breton qui brûlait nos lèvres. Nous étions restés là, médusés, accoudés à la barrière, le regard fixé sur la forme inhumaine qui gisait sur le limon fin de la berge et que les flots frappaient, cruels, indifférents. L'un de nous avait même ri, peut-être moi… Et Bertrand avait murmuré ces vers de Rimbaud que je ne compris que plus tard, bien plus tard :

Des écumes de fleurs ont bercé mes dérades
Et d'ineffables vents m'ont ailé par instants.
Qui nous secouèrent de sanglots…

Vingt années se sont écoulées telle l'eau sous ce pont, mais rien n'a véritablement changé. Les tourbillons recrachent toujours des troncs, et, en fermant les yeux, je pourrais presque apercevoir, sur le limon de la berge, le corps de Stéphane, ensanglanté et flou. Je plaide aujourd'hui pour des innocents que l'on accuse ou des coupables que je défends, j'élève mes trois enfants avec une femme délicieuse que je trompe tous les samedis de sept à vingt et une heures, j'habite une adorable maison non loin de Paris où je tente d'effacer ce souvenir de ma mémoire. Et pourtant, il subsiste toujours. On a reconstruit le pont peu après « l'accident », mais cela n'empêche pas l'eau de couler, et de me hanter, inexorablement, chaque nuit, chaque instant. Nous étions huit gosses en mal de liberté : Paul boit quelque part dans les quartiers mal famés de Zurich; Chris finit son temps dans une prison, quelque part, pour erreur médicale ayant causé la mort d'une femme; Bertrand rédige des lettres dans une administration de sept heures le matin à cinq heures du soir, et, en rentrant, il bat sa femme et sa fille Ophélie; Gérard, divorcé de deux femmes, fréquente une Anglaise; Raymond court d'asiles en maisons de repos; Jérôme se shoote dans un bistrot new-yorkais au bras de sa septuagénaire milliardaire… Nous étions des révoltés contre la société et contre nous-mêmes.

Je suis le seul des sept qui ait tenu le coup sans sombrer, seul à avoir relevé la tête au lieu de me terrer dans la dépression ou l'alcool, seul à avoir tenu tête au cauchemar terrifiant qui occupait mes nuits. Marié, père, avocat en pleine gloire, sans problème psychique ou physique, sans aucun signe de faiblesse. J'ai réussi. Vingt ans de sueurs froides et de mauvais rêves. Vingt ans, chaque soir, le corps de Stéphane, exposé comme le Christ sur la croix.

Père, pardonne-leur. Ils ne savent pas ce qu'ils font!
Et s'il avait raison…

Seul, debout sur la barrière métallique, les bras grand ouverts, il se laisse bercer par le vent qui le pousse vers le fleuve. La délivrance. Il cède à une dernière rafale et prend enfin son envol vers la liberté pour laquelle il avait tant lutté, seul parmi sept, seul avec Stéphane.

MERCI BEAUCOUP, C'EST PLUS CALME ICI !

Un cadavre.

L'aube bleuissait sur les champs humides, sur la ville endormie d'un lourd sommeil, sur le visage imperturbable d'un garçon, jeune, grand, un peu pâle, mais candide. Il regardait la ville. La colline où il se trouvait surplombait l'agglomération et permettait de jouir d'une vue spectaculaire sur les rues géométriques aux néons multicolores, sur les immeubles immenses, et l'église noblement dressée avec ses croix entassées derrière elle, négligées. Il aimait regarder la ville. Parce qu'elle paraissait indifférente, froide, lointaine. Parce qu'elle suintait la mort et le froid à chacun de ses soubresauts, et qu'elle le méprisait…

Derrière lui, la cabane semblait minuscule. Et, juste devant la maison de rondins, sous un saule pleureur qui frôlait l'herbe de ses branches, gisait le cadavre. C'était son ami. Ils avaient suivi les mêmes classes depuis leur plus jeune âge, ils avaient pratiqué les mêmes sports, tennis et planche à voile. Ils avaient fêté leur seizième anniversaire ensemble, le mois dernier, lui le 10 et Bastien le 26. C'était son meilleur ami : Bastien. Un gars vraiment sympa et très doué en maths, presque autant que lui, pas avec la même aisance, car il ne possédait de loin pas son niveau d'intelligence, mais avec un courage remarquable. Ils se valaient et leurs parents l'avaient bien compris, les comparant sans cesse, les admirant pareillement l'un et l'autre, comme s'ils étaient frères. Bien plus que de s'apprécier, les jeunes garçons s'aimaient. Ils s'aimaient d'amour, d'un amour chaste et pur qui, récemment, avait tourné à l'amour charnel, parce que lui l'avait voulu, parce qu'il l'avait imposé à Bastien comme preuve de leur union. Et Bastien avait accepté, à contre-cœur, le visage crispé dans une grimace écœurée. Apeurée.

Un cadavre. Son cadavre.

Terry avait tué Bastien d'un coup de couteau, planté dans la gorge, puis dans le dos, au niveau du cœur. Bastien avait gigoté un moment, nu entre ses bras, puis il s'était écroulé comme un pantin désarticulé. Grotesque avec ses yeux écarquillés par l'effroi. Alors Terry s'était rhabillé proprement. Il détestait la saleté. Il détestait l'odeur de la peur. Avec minutie, il avait essuyé la lame et le manche du couteau avec un chiffon, et les avait enterrés derrière la cabane de bois. Il avait laissé le cadavre dos à terre, bouche ouverte, yeux ouverts, cou ouvert, pareil au monstre qui le hantait enfant, quand il dormait. Dérisoire amas de chair que survolaient les mouches attirées par le sang. Négligé.

Maintenant, Terry devait partir. Retourner en ville et jouer le jeu qu'il n'avait cessé de jouer depuis sa naissance. Son père s'inquiéterait de ne pas le voir avec Bastien, et Terry ne dirait rien, comme d'habitude, laissant les adultes croire qu'ils pouvaient tout deviner : Bastien et Terry s'étaient chamaillés comme si souvent, et Bastien boudait dans un coin, rien de bien grave, mais pourquoi ne rentrait-il pas? Il faisait nuit sur la ville illuminée. Les parents paniquaient et Terry les imitait, avec ennui. On organisait des recherches, des flambeaux sillonnaient la plage, la colline, les bois, éclairant enfin, projecteurs obscènes, la dépouille ensanglantée de Bastien et le concert de bestioles qui s'en délectaient. L'explication coulait de source : un rôdeur avait violé et assassiné le garçon, un salopard de vicieux, un psychopathe. Pauvre Terry. Ils étaient si amis, les meilleurs amis du monde. Et Terry pleurait, ses yeux scintillant de béatitude sous les larmes.

Une prison.

Les barreaux sont teints en noirs, les infirmiers en blanc. Certains murmurent qu'il est fou. Il a tué une femme de sang froid, sa petite amie, Joanna, dix-sept ans. Une fille un peu trop ronde mais aux yeux sympathiques et francs. Des chasseurs avaient surpris ce grand gaillard assis près du cadavre, devant une cabane en pleine nature; il était complètement nu et chantait une berceuse. Il n'a même pas cherché à fuir ou à nier. Il a juste ri bêtement quand les chasseurs ont vu le corps lacéré. Enfin, c'est ce que les journaux racontent, parce que Terence lui, il ne parle pas. Il lit les œuvres de Marx, en allemand, à une vitesse prodigieuse et il noircit des pages entières d'un cahier d'école. Il vient d'avoir vingt ans, mais il en paraît plus. Il déteste les questions, mais y répond quand même, d'une voix froide et lointaine, monocorde, un peu méprisante :

« Je l'ai tuée, oui… Avec mon couteau, celui que j'ai enterré dans la cabane… Je l'ai planté entre les seins, un peu à gauche du cœur, parce qu'elle a bougé… Je ne sais pas pourquoi je l'ai fait, peut-être à cause de ses yeux : je n'aime pas les yeux bleus… Je n'ai pas tué Bastien. Je me suis tué. Il était homosexuel, et je hais les homosexuels… Mais je ne l'ai pas tuée par plaisir… Même si j'aime les voir mourir… Non, je ne regrette pas. J'aime bien la prison, c'est blanc, blanc comme l'hiver, blanc comme l'écume. C'est calme. Cela repose de la mort. »

Un cadavre.

La corde balançait doucement le corps mutilé de Terry. Il devait sortir le lendemain, après vingt ans d'internement et une conduite exemplaire. Sous son pull, le stylo faisait une bosse énorme. Ses yeux gisaient contre le mur, éclatés en myriade de points sanglants. Un simple mot — « merci » — remplaçait les adieux…

FAIT DIVERS

La mire apparut sur l'écran géant, imposant ses verticales colorées et sévères qui indiquaient, comme tous les soirs, la fin des programmes. D'une main lourde, fatiguée, Johanna pressa le bouton de la télécommande : la télévision retrouva son état de léthargie sombre avec un soupir de contentement, et Johanna grimaça. L'angoisse la terrassait à nouveau, lente, sournoise, glissant intempestivement dans la mollesse de son cerveau surchargé d'images diverses et papillonnantes, d'extraits de feuilletons et de questions de jeu télévisé... Encore une nuit à passer avec elles : la peur cruelle, la désolante solitude. Encore cinq heures de pensées funestes qui agiteraient son corps suant sous les draps, qui déchireraient son esprit : les pleurs déjà baignaient son visage sous les palpitations affolées de son cœur. Et ses doigts tremblaient.

Johanna essuya ses larmes du revers de sa manche et extirpa péniblement sa graisse du fauteuil moelleux qui la retenait prisonnière. Elle n'était pas obèse, non, seulement un peu enveloppée, quelques bourrelets superflus enrobant ses hanches et ses cuisses, mais ils suffisaient à la ranger dans l'autre classe de femmes, celle des moches, des boudins, des pas belles, et la marquaient à jamais. Pourtant Johanna possédait un réel charme : ses yeux immenses, ses boucles brunes, son sourire, sa façon de boire les paroles d'autrui, la tête un peu penchée, tous ces détails auraient pu éclairer la présence d'un homme à ses côtés. Rien ne justifiait sa solitude. Elle n'avait que trente-six ans. Trente-six petites, ou longues, années d'attente et de désespoir. Attente? Oui, Johanna rêvait. Elle imaginait qu'un petit chauve, laid et idiot, lui murmurait qu'il l'aimait et la caressait : pas de prince charmant, le masque était tombé au fil des déceptions. Elle croyait aux vertus de l'amitié et téléphonait des heures entières aux numéros spéciaux, mis à disposition des personnes seules, où de très jeunes voix de femmes lui conseillaient — certainement en tapotant avec ennui leurs ongles manucurés sur la cicatrice à peine visible de leur dernière correction esthétique : Léa avait vraiment un nez trop long ! — de consulter un psychothérapeute : on soigne bien la laideur, comme la grippe, à coup de liposuccions et de régimes sans hydrate de carbone. Si, si, ma copine a réussi à perdre les trois affreux kilos attrapés en Espagne en été dernier… Mais Johanna ne voulait pas de psy ; elle en avait déjà entendu et payé des dizaines, psychologues, psychiatres, psychanalystes, psychédéliques malades au regard vide qui baragouinaient d'étranges dialectes freudiens qui ne lui avaient rien appris. Il faut dire qu'elle n'était pas bête, Johanna : deux licences, une agrégation, un diplôme, plusieurs récompenses littéraires traînaient quelque part sur son bureau, entre la photo de ses parents morts et une boîte de somnifères. Il faut dire que les études avaient comblé sa timidité en la tenant à l'écart de la vraie vie, la vie des gens normaux qui commencent à bosser à vingt-cinq ans et pointent au chômage à vingt-huit, quand ils ont une femme et deux enfants sur le dos. Juste avant le divorce. Mais Johanna ne voulait pas être normale ; elle ignorait ce que ce mot signifiait, ou feignait de l'ignorer, pour ne pas être tentée par les douceurs que la normalité promettait. Depuis son dixième anniversaire, où son père, ivre mort, l'avait traitée de « sale grosse conne », elle avait cessé de croire en la normalité : rien n'avait de sens dans le monde réel, seul comptait le rêve, l'évasion, l'oubli. Oublier qu'elle ne ressemblerait jamais à ces fils de fer bariolés qu'on nommait des « belles femmes », oublier qu'elle était trop intelligente pour s'abrutir devant une caisse-enregistreuse huit heures par jour au point de ne plus savoir lire ou écrire, oublier qu'elle devrait pour cela rester seule le restant de ses jours. Et que la solitude, plus que tout, est aussi silencieuse et froide que la mort. Qu'elle pèse sur les cœurs comme un poids mort, les brûle, les torture, une fois que la nuit est tombée et qu'il n'y a plus, dehors, derrières les fenêtres, le hurlement d'un chien pour vous rappeler que vous vivez encore…

Le lit était glacé, comme tous les soirs. Johanna remonta ses genoux contre son ventre pour se réchauffer, essayant vainement de retrouver la tiédeur du sein maternel dans le contact rêche des draps. Ses mains tremblaient. Tout son corps frémissait, moins de froid que de peur devant cette nouvelle insomnie qui s'installait, doucement, insidieusement, à chaque nouveau son de cloche qui martelait, cynique, les heures. La détresse l'envahit peu à peu. Encore une nuit stérile. Sans rêve. On la privait de sa dernière consolation, de son dérisoire mana quotidien. Que lui restait-il alors? Après la lecture avide et désintéressée de quantité d'ouvrages insipides, le tricot, le crochet, c'était la télévision, nouveau temple, religion moderne, qui avait accueilli ses angoisses : à travers elle, Johanna vivait dans un monde fictif, mais peuplé d'êtres souvent transformés en hommes, où les légendes étaient devenues aventures pittoresques et les monologues vains des émissions chaleureuses. Elle n'était plus seule, enfin : elle était tous ces personnages en même temps, et aucun d'eux, personne, rien. Elle leur appartenait, tout comme ils lui appartenaient, le temps d'un regard à la caméra qui se noyait dans le sien; elle les créait et les anéantissait d'un doigt souverain qui remplaçait au mieux toutes les bombes atomiques du monde. De tous les coins de la planète, des images envahissaient son cerveau et le piétinaient à longueur de journée; son corps se réglait au tempo télévisuel ponctué de pauses publicitaires et de flashs spéciaux, de variétés et d'émissions ordinaires : elle déjeunait avec tel animateur, dînait avec tel autre et soupait au milieu du brouhaha du talk show de fin de journée. Tous, acteurs, présentateurs, anonymes saisis par une caméra indiscrète, parfois même téléspectateurs invisibles qu'elle imaginait « de l'autre côté du miroir », tous ils devenaient sa famille avec qui elle parlait en pensée avec tendresse, les tutoyant affectueusement et leur adressant souvent des mots d'amour avec une folle hardiesse : ils vivaient pour elle, elle les regardait vivre, elle se regardait vivre à travers eux. Impudique, violeuse, dévergondée, obscène. Leurs souffrances la blessaient jusqu'aux larmes, leurs orgasmes lui arrachaient un soupir de plaisir, leurs éclats de rire répondaient aux siens, misérables hoquets résonnant contre les parois nues d'un appartement trop grand et trop vide pour elle. Mais, une fois l'écran noirci, une fois dans son lit froid, personne ne venait plus la bercer, que le silence morbide : et rien n'empêchait plus l'angoisse impératrice de dégouliner le long des murs et de s'infiltrer sous les couchages, jusque sous sa peau, pour lui rappeler sa condition. Tous les soirs. Imperturbable. Puis, à cinq heures, Johanna se levait enfin; elle se douchait, préparait son litre de café et ses tartines beurrées, et, libérée enfin du poids du silence, elle s'immergeait à nouveau dans l'écran vibrant de vie qui éteignait les ultimes flammes de pensées. L'abrutissement salvateur l'enveloppait de ses ailes, l'endormant parfois au petit matin pour quelques heures d'un sommeil aseptisé et insipide. Elle ne travaillait plus : personne ne voulait d'elle, avec son regard triste — nous recherchons quelqu'un présentant bien : une tenue sobre, un sourire, beaucoup de maquillage et quelques éclats de rire idiots, typiquement féminins... Désolé, mademoiselle, mais vous.... Alors elle remplissait chaque mois sa fiche-chômage, écrivait le nombre réglementaire de lettres de demande d'emploi et attendait les indemnités pour racheter des tonnes de nourriture : aliments riches en graisses, en sucre, en composants chimiques, anti-régimes croulant sous les lipides qu'elle avalait goulûment, sans réfléchir, les yeux rivés sur l'écran. Télé, bouffe, angoisse : telle était sa routine dans l'univers stressant de la société taylorienne. Rien n'avait de sens en dehors de ce cercle perpétuel qui l'entraînait irrémédiablement au fond du gouffre.

On lui avait dit, autrefois, longtemps auparavant — dans une vie antérieure? — qu'elle pourrait toujours compter sur « nous », que « nous » serions toujours là pour elle, mais, quand elle avait téléphoné, « on » était parti, « on » n'avait pas le temps : tu comprends, Johanna, Félix a une réunion à son club à six heures, et les enfants vont en camp de ski. Johanna avait compris. Elle avait écrit à une agence matrimoniale, comme d'autres écrivent à leur agence de voyage : on lui avait envoyé un dépliant des meilleures offres du mois – universitaire bien dans sa peau cherche femme svelte et sportive; cadre dynamique cherche femelle soumise; agriculteur cherche boniche et génitrice — avec un bulletin de versement et un prospectus d'information sur le SIDA. Là encore, elle avait compris. On lui avait alors conseillé de sortir plus, de se maquiller, de voir des gens plutôt que de bouder dans son coin, mais son dernier — et son unique — bal, pour son vingt-sixième anniversaire, s'était soldé par le rire tonitruant du jeune homme à qui elle avait naïvement avoué sa virginité. Et par la honte. Désolante. Et elle était toujours vierge. Qu'est-ce que cela faisait maintenant? Elle haussait les épaules quand elle songeait à cette partie-là de son corps, qui ne lui servait à rien : son con vide, stérile, futile, la dégoûtait auparavant. Il l'indifférait dorénavant : Johanna possédait tous les cons et les pénis du monde, la télévision les lui offrait, tard le soir, en gros plans, sans aucune pudeur. Et même ce spectacle la laissait indifférente, ne représentant rien pour elle qui ignorait jusqu'à la texture d'une peau masculine, jusqu'à l'odeur d'un homme autre que celle de la vinasse et de la haine. Elle préférait les histoires d'amour platoniques, les coups d'œil discrets, les sous-entendus, les caresses délicates, tout ce jeu subtil qui lui permettait d'imaginer qu'elle aussi pourrait le connaître un jour, qu'elle l'avait peut-être déjà connu sans s'en rendre compte... Avant que l'angoisse ne pulvérise tout ce bel édifice jusqu'au lendemain. Monotone va-et-vient entre la mer et le sable.

Le réveil sonna. Johanna sursauta, le corps prêt à se détendre comme un ressort que l'on casse. Il faisait nuit encore derrière la vitre nue. Tout le monde dormait encore, sauf, au loin, le chien qui hurlait à nouveau, infime trace d'existence. Pourtant, ces cris ne la soulagèrent point, pas plus que l'eau chaude qui coula en vain sur sa peau moite. Ce matin différait des autres. Hiatus dans sa routine solitaire. Puis Johanna recracha sa première gorgée de café. Elle resta surprise, assise dans son fauteuil en face du poste de télévision encore éteint. Incapable de presser sur le bouton de la télécommande. La réalité la frappa brusquement, violemment et Johanna comprit enfin le dernier élément qu'elle avait à comprendre : elle se vit assise sur ce fauteuil, jour après jour, année après année, elle vit l'écran lumineux où défilaient des images absurdes et inintéressantes, elle sentit sous ses doigts le contact mou de ses cuisses, les premières rides sur son visage, et une larme, inconsciente, glissant lentement le long de son nez. Et elle réalisa qu'elle ne vivrait jamais, qu'elle n'existait pas si elle avait jamais existé auparavant : elle faisait semblant de vivre pour ne pas dévoiler son inutilité et sa solitude, mais au fond elle savait, et elle l'avait toujours su, qu'elle n'avait aucune valeur, aliénée à son poste de télé comme avant à ses études. Chaque étape de sa déchéance la réduisait en larve passive, en zombie asocial, inhumain, impersonnel, séparé de son âme, qui n'avait de femme que le nom : les gens eux-mêmes ignoraient jusqu'à cet ultime détail, ne retenant que la porte close, les sacs poubelles non vidés et une vague silhouette anonyme et atone. Et, étrangement, loin de faire renaître l'angoisse qui la minait, cette révélation la soulagea; Johanna laissa enfin couler ses larmes, sans fausse pudeur, hoquetant grossièrement dans le silence poisseux du salon. Elle pleura longtemps. Très longtemps. Le jour pointait derrière les montagnes immobiles quand son doigt pressa doucement l'interrupteur de la télévision : un générique explosa dans la pièce, obscène au milieu des derniers sanglots de Johanna. Une débauche de dialogues s'étala alors, déballant amours fictifs, trahisons, malheurs, catastrophe aérienne, massacres au Rwanda, grèves, gros lots à gagner, documentaire, humour, haine, racisme, amour encore et passions animales. Quand la mire stupide étendit ses barres de couleurs fixes, Johanna n'existait plus : son existence s'était dissipée dans les milliers d'images banales d'une journée banale. Réduite à un sordide fait divers...

Neuf mois plus tard, un voisin un peu plus malin que les autres défonça la porte de l'appartement 6B. Il ne se rappelait plus bien qui l'habitait, une femme un peu forte d'après ses bribes de souvenirs, mais il ne l'avait plus revue depuis longtemps, et maintenant qu'il avait repris la gérance de l'immeuble, il voulait récupérer les loyers en retard. La boîte aux lettres croulait sous les prospectus, personne ne savait où la femme était passée : on parlait d'un voyage chez son père, ou d'un stage de formation, on l'accusait même d'avoir fui un mari jaloux ou un petit ami trop pressant... Mais, en entrant dans le salon, le voisin découvrit le corps décomposé de Johanna, sur un fauteuil moisi. Une boîte de somnifères sur les genoux. Des rongeurs avaient sculpté dans la chair en putréfaction d'ignobles orifices qui suintaient de liquide brunâtre. L'odeur planait, pestilentielle, semblable à un champignon atomique, et, comble du sordide, en face du cadavre, la télé allumée grésillait de points noirs et gris, morte elle aussi, mais dans un vacarme assourdissant...

DU SANG SUR LES DOIGTS

Première époque

Du sang sur les doigts.

La vitre embuée reflète craintivement un visage déformé, aux yeux trop grands et à la bouche distendue ; des mains soutiennent le reflet de chaque côté, des mains exsangues, des mains décharnées… Sous la peau palpitent de grosses veines qui, tressautant, semblent d'énormes vers, bleus, gluants, qui glissent sur la langue avec un bruissement flou. Tout paraît en union parfaite, entre le liquide visqueux coagulant sur les longs doigts et les cheveux blancs qui délaissent la figure trop rongée de mal. Même les cuisses, colorées d'écarlate, ultime trace de la virginité, qui tremblent, terrifiées, comme des troncs d'arbres — morts — emportés par les fleuves. Jusqu'au cœur qu'on aperçoit, sous le corsage, boule sanguinolente et parsemée de nerfs, boule à nu sous le fin tissu pâle. La mort partout règne en souveraine.

Le silence, douloureux, accompagne ce morbide spectacle ; les buées du désespoir et les crimes de la nuit se répercutent comme des gongs dans le crâne mutilé. Même le souffle du vent siffle entre les plaintes jaunies de la fenêtre. Rien ne trouble l'agonie solitaire de la victime ébahie.

Une femme sans charme apparent, trop grosse ou trop brune, une femme dont les yeux, malgré leur beauté surprenante, pleurent des larmes amères, une femme se meurt, le visage plaqué à la vitre embuée, les artères s'entrechoquant contre des os déjà pourris et

Du sang sur les doigts.

Deuxième époque

Te rappelles-tu encore de la nuit où nous nous sommes aimés il pleuvait ce jour-là il neigeait ou grêlait mais nous ne le voyions pas nous nous aimions chacun pour l'autre entièrement je me souviens même que de trop nous aimer

DU SANG

s'était mis à couler sur les draps fruit innocent de la pureté je t'avais prise vierge et candide je te rendais à jamais tachée de la marque terrible de ma marque le destin en avait décidé ainsi et tandis que

SUR

le lit nous discutions d'amour tes bras tremblants s'étaient refermés sur mes épaules et j'avais senti que la haine entre nous se dissipait comme une ombre au soleil une vilaine ombre pleine de cadavres et

LES

étoiles du ciel ne chantèrent que pour nous le destin lavait mes derniers doutes quant à notre amour et pourtant lorsque le jour vint et que je te quittai je n'eus aucune douleur mon égoïsme ma mauvaise foi avaient réduit mes amours à l'état de poussière et fou de rage et de possession toi nue dans le lit je pris tes

DOIGTS

les couvris du sang qui maculait ta couche là je compris enfin pourquoi il ne pleuvait plus et je partis dans le soir violé d'une brume malodorante et te rappelles tu encore de cela te rappelles-tu encore pourquoi tu t'es tuée te coupant les veines te coupant l'existence et *du sang sur les doigts*

Troisième époque

HIER :

Du sang sur les doigts, il s'était levé, le matin, et avait ramassé son jean qui gisait sur le sol sous une pile de journaux. Il s'était habillé sans même se laver, juste un peu d'eau sur le visage, pour pouvoir mieux ouvrir ses yeux bleus. Des yeux qui scintillaient sans joie au milieu de sa face pâle. Il avait grignoté un vieux morceau de pain qui sentait le moisi, il avait bu une gorgée d'eau et avait laissé des traces sanglantes sur le verre… Les cheveux tenus en arrière avec un peu de gel, des pansements sur les longues déchirures de son cou, il était sorti. La porte était restée ouverte, personne ne l'avait fermée. On la retrouva ainsi, avec des marques de doigts peintes en sang sur la poignée.

Sans un mot, sans un regard pour ce qui l'entourait, il avait marché dans les rues bondées où les femmes s'entassaient devant les vitrines et où des files attendaient devant le centre commercial. Des trams passaient, emplis de masses humaines anonymes et solitaires; il avait déambulé ainsi, en réfléchissant, les mains cachées sous sa pelisse, l'hémoglobine collée aux carreaux écossais. La matinée débutait seulement, avec sa bonne odeur de croissant chaud et de goudron; c'était l'heure où les ouvriers célibataires quittaient les jambes poisseuses des prostituées pour la sueur gênante des ateliers, l'heure où les putes renvoyaient leurs clients pour rejoindre les bras de Morphée. Il avait songé à cela, un poème de Baudelaire dans les oreilles, il avait pensé que le matin commençait mal… et que c'était son dernier matin.

Du sang sur les doigts, il avait traversé un pont bancal, sous lequel un fleuve tumultueux absorbait des troncs d'arbres. Il avait observé l'eau bouillonner dans sa mémoire, se rappelant Soupault et la mort de l'oiseau qui meurtrit ses ailes humides; il avait hoché la tête d'un air misérable, il avait quitté le pont pour ne pas être tenté; le bruit du fleuve s'était affaibli, disparu et effacé, remplacé par les voies glaciales du chemin de fer. Mourir écrasé, comme les excréments de chiens qu'il broyait du talon par inadvertance. Se sentir à son tour écrabouillé par les roues puissantes d'un train à pleine vitesse. Il avait frémi à cette idée, un frémissement qui semblait plus du plaisir que de la crainte.

Le paysage dégoulinait de pluie, et mouillait les cheveux du jeune homme; ils se plaquaient lamentablement à son crâne, comme pour masquer son front strié de bleus violets et de plaquettes entassées. Ravagé par les larmes du ciel, le visage paraissait étrangement calme, comme bercé d'une langoureuse mélancolie. Le souffle de la vie qui, traversant les faubourgs inamicaux, se heurtait à ses narines, lui apportait un douloureux sentiment de béatitude.

Il avait contourné la vieille ville d'où s'élevait une cathédrale médiocrement ancestrale, qui avait sonné sept fois au moment où il l'avait dévisagée, comme pour le narguer. D'une main crispée par le sang sec, il avait tiré sa chevelure trempée en arrière. Et avait poursuivi sa route, imperturbable. En passant devant le terrain de football, un ballon avait interrompu ses pas, bientôt rejoint par un garçonnet aux pantalons boueux et au nez rouge; les deux êtres s'étaient observés un moment, puis le garçon avait craché par terre et avait pris sa balle avec dégoût : il avait compris que l'adulte en face de lui ne ressemblait pas aux autres, qu'il était plus faible, qu'il pouvait être vaincu. Et il l'avait vaincu. Sa première victoire sur le monde inconnu. Et le jeune homme, baissant son regard, avait ôté les mains de ses poches et les avait tendues devant le garçon : échange silencieux entre des yeux craintifs, un espace insondable de plénitude. Il avait lu de la compréhension sur la face oblongue du petit footballeur, puis du regret; il l'avait vu remonter son pantalon sur un genou écorché.

« *Moi aussi. Je saigne.* »

Et le petit s'était enfui, rejoignant son univers, tout aussi sanglant, tout aussi cruel.

Du sang sur les doigts, il avait quitté la zone industrielle et l'air lourd des produits toxiques dont l'odeur lui rappelait vaguement celle de la colle qu'il avait reniflée la veille. Sa tête cognait. Il sentait que l'instant approchait.

La campagne s'étendait alors à ses pensées, avec les quelques villas expulsées de la cité à peine éveillée, encore souffrante de son sommeil agité; l'herbe aux teintes jaunies sanglotait en songeant au printemps qui venait la priver de sa couverture de mousseline; toute la nature accueillait le jeune homme avec une lente plainte. Au loin s'alignaient des rangées de peupliers, géants désillusionnés qui s'abaissaient sous les effluves du ciel, et, sans s'en rendre compte, l'homme avait poussé ses rêves vers ces immenses témoignages de solitude. Ses souliers s'embouaient sur le bitume, de même que ses espoirs dans l'argile de son passé : il n'avait plus qu'une fuite possible.

Du sang sur les doigts, son sang qui de son corps s'écoulait, il était arrivé à l'étang. C'était une sorte de flaque visqueuse, à la surface verdâtre et aux relents de pourriture; le paysage environnant évoquait les cratères lunaires : crevasses ombragées de fougères, pierre stérile, insectes assoiffés de liquide rouge. Avec son allure misérable, ses jeans tachés, ses cheveux ébouriffés et humides, l'inconnu se fondait dans le cadre nauséabond de sa dernière heure.

Assis sur un rocher couvert de lichens, sous un arbre enrobé de lierre timide, il avait longuement pensé à sa nuit : retour à la maison à minuit après avoir abandonné la fille chez elle, en sang et en cris, abandon des dernières illusions, recherche de son couteau sous le linge sale, ouverture des veines, nette, sans hésiter, l'âme vide, pression de la lame contre son cou où elle avait tracé de longues cicatrices sanguinolentes. Puis le sommeil et la fuite de son sang… Oui, il avait revu cela du haut de son promontoire, un peu déçu de la croûte coagulée sur ses poignets.

Du sang sur les doigts, il s'était plongé dans la vase malodorante jusqu'à la taille; l'eau épaisse s'infiltrait dans ses chaussures, le long de ses cuisses, lui procurant une désagréable sensation de chaleur… Peu à peu, il s'était habitué à ce contact et, lentement, avait pénétré plus loin dans la mare. L'eau ne lui arrivait qu'aux épaules. Il avait élevé ses bras au-dessus des algues brunes et gluantes. Pendant un instant, le visage de l'amour d'une nuit lui était apparu, cette face arrondie aux prunelles bleutées, mais vite effacé par l'eau dans laquelle il s'immergeait. Enfin, tout avait disparu, paysages et abandons. L'étang avait vomi de grosses bulles d'existence, puis, égoïste, s'était emparé du jeune homme.

AUJOURD'HUI :

Il ne reste que le silence pour bercer tous les Kleist et les Ophélie du monde. Le silence lourd de remords et de peine, et, à l'orée d'une mégapole bruyante, au milieu d'un étang aux reflets émeraudes, dressées vers le ciel, des mains aux doigts ensanglantés…

PLAISIR FATAL

Le rideau s'écarta, juste assez pour laisser la lumière s'infiltrer dans la nuit noire.

Collé à sa fenêtre, la bouche exhalant un souffle chaud qui s'étalait sur la vitre sale, Tristan regarda avec plaisir le rayon de lumière s'agrandir doucement, son cœur commença à battre plus fort et résonna dans sa cage thoracique comme un tambour. Il régnait un silence pesant, empli d'ennui et de vice, qui oppressait, qui forçait le jeune homme à écraser son nez contre le carreau froid, à se gaver les yeux de cette lueur fugitive et suintante.

Une femme parut dans la clarté de la fenêtre; elle ne portait qu'une chemise vaporeuse dont elle se débarrassa avec insouciance. Son corps se découpa alors du rectangle lumineux. Courbes impudiques ondulant sous les yeux avides de Tristan : une poitrine énorme, des cuisses galbées tressautaient au rythme d'une musique qui se perdait dans la rue sombre, aux pavés glissants, où les poubelles vomissaient leurs ordures mêlées de rats morts. La danse frénétique ne dura que quelques furtives secondes, puis la femme disparut, et le rideau retomba. Sèchement.

Il ne resta plus que le silence, la nuit, et les halètements plaintifs de Tristan, contre sa fenêtre, une main égarée au hasard de son corps humide. Il soupira enfin, longuement, se détacha de son observatoire et alluma la lumière, découvrant ainsi le lugubre décor où il traînait son spleen : pièce étroite, blanchie à la chaux dont les murs craquelés dégoulinaient de filaments brunâtres, meubles cassés, rayés, rafistolés au gré des déménagements et des locataires. Le sol était jonché de pulls sales, de feuilles éparses, de vomissures, d'alcool, d'oubli... Et au plafond pendait une ampoule tenue par un fil dénudé qui menaçait de se rompre. L'ensemble créait un univers d'amertume et de dégoût qui se répercutait sur son occupant : Tristan ressemblait à sa chambre, de ses paupières pendantes et bleutées aux joues cicatrisées, sanglantes. Il avait vingt ans, mais il en paraissait le double avec son crâne dégarni et son corps voûté.

On frappa à sa porte. Un garçon entra, une bouteille de bière à la main, un mégot au coin des lèvres.

« *Tu viens avec nous ? On se fait une virée à la campagne.* »

Voix pâteuse, égrillarde. Tristan secoua la tête. Le type recula et referma la porte avec un haussement d'épaules. L'ampoule vacilla. Assis à même le sol, Tristan sortit de dessous son matelas un couteau de boucher, long, tranchant, qu'il tourna et retourna entre ses doigts tachés ; il introduisit la lame dans sa bouche et pressa doucement la commissure des lèvres qui se fendit avec un petit bruit élastique. Du sang mouilla le lino en fines gouttelettes. Le jeune homme dégagea le couteau de ses chairs meurtries ; la tête en arrière, les yeux clos, il laissa le liquide visqueux s'écouler en lui.

Dehors, la musique avait repris, haletante. Les notes dures et privées d'amour se pressaient contre la fenêtre poisseuse du plaisir de Tristan ; elles cherchaient en vain à emplir cette pièce malodorante, augmentant de puissance, frappant violemment contre la vitre trouble, tandis que, derrière un rideau transparent, une femme dansait, nue, guettant dans la nuit les plaisirs d'un inconnu.

Soudain, la fenêtre explosa et un gros caillou vint creuser le crâne de Tristan. Le vent glacé prit d'assaut la chambre du jeune homme et balaya le sol couvert de feuilles. La musique pénétra aussi, victorieuse et cruelle, et s'installa sauvagement. Dans la rue, des rires gras fusèrent de toutes parts comme des milliers de petits démons.

Le corps inerte de Tristan reposait, tête enfouie sous une flaque de vomis multicolore ; sur le front se distinguait un trou sombre, sous un flot épais d'hémoglobine. Le visage entier était maculé de sang qui coagulait sous les caresses traîtres du vent ; seuls les yeux, exorbités et striés de traits écarlates, luisaient encore sous la lumière blafarde.

On frappa à nouveau. Le même type ouvrit. Un hurlement lutta un moment contre la musique lancinante, triomphant un bref instant avant de s'éteindre. Le garçon s'enfuit, claquant la porte derrière lui. L'ampoule vacilla lentement au bout de son fil. Elle tomba sur la poitrine nue de Tristan. Quelques poils grésillèrent, la peau se colora de rouge, puis de brun. L'odeur écœurante de la chair brûlée s'éleva au-dessus du corps, puis retomba brusquement au milieu des immondices.

La musique s'éteignit. Seul, le front troué, Tristan gisait dans l'obscurité glacée de sa chambre. Dehors des rires éclatèrent. Ailleurs, dans une autre pièce sombre et sale, André soupirait, le nez collé au carreau, encore ébahi par la femme nue qui s'était agitée sous ses yeux…

UN ACCIDENT

André adorait la vitesse. Et les voitures. Enfant, il les admirait avec envie, le dimanche après-midi, alignées devant le garage à l'entrée de la ville. Un jour, quand il serait grand comme le répétaient les adultes, il en posséderait une à lui seul, une belle décapotable rouge vif avec des sièges en cuir et une superbe auto-radio. Et il roulerait à pleine vitesse dans les rues de son quartier, le visage délicieusement giflé par le vent. Tous ses amis se retourneraient ou s'arrêteraient pour le regarder passer, la mine jalouse, le regard noir de dépit. Et, enfin, il serait considéré comme un homme, un vrai, et non plus comme un gringalet pleutre et lâche qui préférait tricher aux billes plutôt que d'accompagner les autres dans la cave de la vieille Ledoux — il faisait si sombre là-dessous, on racontait qu'elle y avait enterré ses trois premiers maris et qu'elle creusait déjà un grand trou pour le nouveau, un jeune moustachu qu'elle venait d'appâter avec ses carnets d'épargne. André détestait le noir presque autant que les histoires de meurtre. En fait il avait peur de tout : araignées, chats, bruits étranges, sang, contes de fées... Seule la vitesse l'attirait, et la vengeance. Cette soif hallucinante de pouvoir, l'orgueil qui pointait sous la honte et qui ne cessait de croître à mesure que les années le transformaient en adolescent, timide, chétif, victime de choix pour les rires parfois cruels de ses camarades. Un jour, pourtant, il les surprendrait tous, et alors... En attendant, André souffrait en silence et encaissait insultes et moqueries avec une étonnante résignation. Il attendait son heure.

La famille déménagea un peu avant le quinzième anniversaire du garçon. Nouvelle ville, nouveaux visages, nouvelle vie. L'heure de la revanche avait sonné. Métamorphose complète ou presque : André devint chef de bande, un peu voyou, terriblement opportuniste. Une clope aux lèvres, les cheveux décolorés, il arpentait les trottoirs de la cité en exhibant fièrement son blouson de cuir et sa ceinture en métal ornée de pointes. Il faut dire qu'il s'était entraîné, André. Des soirs entiers devant le psyché de sa mère, il s'était exercé à toiser les gens, à balancer les épaules en marchant avec la détermination des fous et la rage des lâches. Et le passé glorieux dont il se vantait — son père avait passé trois ans à la Légion étrangère, quelque part dans le désert, au milieu des scorpions, et il était mort bravement en trucidant des Arabes… Sa mère éplorée avait épousé alors un illustre journaliste qui l'avait abandonnée avec cinq mômes et un nouveau mari, le troisième — suffisait à attirer l'admiration polie de ses contemporains. Pour les adultes évidemment il n'était toujours qu'un gamin ridicule de prétention et un peu mythomane, un sale môme avec un sale genre et un faux air de petite frappe pas vraiment inquiétant. Cela lui passerait avec l'âge, pensait-on en le voyant déambuler devant le lycée au bras d'une blonde famélique. Tout au plus lâchait-on entre ses dents quelque juron lorsqu'il s'avisait de se montrer incorrect à l'égard de vieilles dames ou de jeunes mamans : décidément, on avait beau dire, la jeunesse n'était plus ce qu'elle avait été…

Mais André eut enfin dix-huit ans. Et son père — qui n'était pas plus légionnaire que mort, même s'il avait effectivement quitté sa femme pour sa secrétaire —, lâchement fier de son rejeton, lui acheta une magnifique décapotable rouge sang. Le jeune homme crut mourir d'orgueil en descendant pour la première fois la rue principale de la ville. A ses côtés, Cyndi, une gamine couverte de peinture, piaillait de joie, sa poitrine opulente tressautant dans une danse grotesque. Et, sur les trottoirs, à la terrasse des cafés, des têtes se retournaient, yeux ébahis, bouche ouverte, pour admirer la voiture neuve et l'étrange couple à son bord. Durant deux ou trois semaines, André devint la coqueluche de la confrérie adolescente de la ville, promu idole vivante sans qu'il en prenne totalement conscience : on se battait pour faire dix mètres dans la décapotable, et André s'amusait à monnayer les places, achetant ses nouveaux amis à coup de kilomètres en automobile et de pointes de vitesse sur l'autoroute. Le succès, tant attendu, rêvé, le grisait. Il était devenu un homme, pensait-il désormais quand il s'installait, le matin, derrière son volant. Lunettes noires, et cheveux longs pour que le vent puisse les gonfler, les emmêler.

Enivrement de la gloire soudaine. Éphémère gloire pourtant. A peine deux mois plus tard André et sa voiture étaient oubliés : Johnatan rentrait d'un séjour de six mois en Australie, et il rapportait de son voyage, outre des photos de lui nu et bronzé sur des plages de sable ocre qui se marchandaient aux pauses dans les toilettes des filles, une sirène exotique avec un beau ventre rond. La femme de sa vie, répétait-il en souriant béatement. Et ce premier pas vers le monde des adultes lui conférait le statut de héros dont André se trouvait spolié. A côté du mariage de John et de son Australienne enceinte, la décapotable du garçon semblait soudain bien insignifiante...

Ce fut un choc pour André, relégué du jour au lendemain au rang des démodés, la sous-caste de la société adolescente. Il noya sa honte dans les larmes, puis dans l'alcool. Nuit après nuit, il traînait dans les bars, seul, hurlant dès qu'on prononçait le nom de John, puis celui d'Erika, qui bientôt occupa le devant de la scène en raison de son test HIV positif. Se ridiculisant un peu plus chaque soir. André retrouva ses cauchemars d'enfant. Mais il n'était plus un enfant, il était un « grand » maintenant. Un adulte avec une honte et un désespoir de gosse. Personne ne lui parlait, et il ne voulait parler à personne, s'automutilant. Il prenait sa voiture et roulait durant des heures, une bouteille de bière à la main, le pied rivé sur l'accélérateur. La route défilait sous ses yeux sans qu'il la remarque vraiment. Parfois, dans une ultime lueur de lucidité, il s'arrêtait dans un chemin de traverse, rabattait la capote en toile et s'endormait sur la banquette arrière. Plus rien ne comptait pour lui. Il avait échoué. Toute son existence se résumait, lui semblait-il, à ce constat d'échec : il avait vingt ans à peine, mais il se sentait vieux, mort, inexistant. Un pleutre, un lâche, un menteur, voilà ce qu'il était vraiment. C'est pourquoi, un soir de septembre, il décida d'en finir enfin. Enfin il aurait le courage de réaliser un acte d'homme, son premier acte vraiment sérieux. Il avait beaucoup bu. Pour réchauffer son cœur. Il avait roulé à pleine vitesse sur la route de la corniche, observant, sous les brumes alcoolisées qui voilaient son regard, l'aiguille du compteur atteindre la limite du cadran. Le vent sifflait à ses oreilles, la voiture volait presque sur la route, zigzaguant le long de la muraille. Jamais André ne s'était senti aussi bien. Puissant, titanesque. Il y eut un virage un peu brusque. Un bruit de tôle qui se froisse. Une explosion. Brutale. Insolente, puis un goût de sang dans la bouche, comme un bonbon écœurant. Et le silence.

André se réveilla deux jours plus tard dans un lit d'hôpital. Sa mère lui tenait la main et lui murmurait des paroles réconfortantes. Le médecin lui annonça peu après qu'il souffrait de fractures multiples et d'une forte commotion cérébrale, mais qu'il ne risquait plus rien. Par miracle il avait été éjecté de la décapotable au moment du choc et un épais tapis de verdure avait amorti sa chute. Pendant tout le mois qu'il passa alité, les infirmières, ses parents, ses camarades — André était redevenu un héros : un accident pareil, ça fait de vous un surhomme — ne cessèrent de répéter qu'il avait eu une chance incroyable... Après tout, les passagers de l'autre voiture, Anne, trente-cinq ans, et son fils Jo de trois ans, avaient péri tous les deux, broyés par les carcasses encastrées d'un break d'occasion et d'une flamboyante décapotable rouge sang...

VOYAGE AU PAYS DES LARMES D'OR

Première époque

Le soleil dardait ses rayons d'acier blanc sur la terre rouge du sanctuaire; le temps paraissait flotter, immobile, dans l'air qui se brouillait d'humidité et de chaleur. Encore un de ces jours sans fin comme Nicole en avait déjà tant vécu depuis son arrivée en Éthiopie, un jour étouffant, s'étirant en instants précieux disséminés çà et là, au gré d'une rencontre ou d'un regard fortuits. La jeune fille adorait cette langueur qui s'emparait d'elle alors et engourdissait ses membres, son esprit, ses rêves; elle abandonnait son corps au souffle brûlant venu des montagnes, chargé de sable et d'odeurs diverses, envoûtantes ou écœurantes. Et elle sommeillait, ses yeux à demi-clos, sa tête fine frôlant le tissu transparent qui lui couvrait les épaules. C'était cela, sans doute, le bonheur. Cette douce sensation de volupté s'écoulant avec lenteur dans ses veines, sous sa peau parcourue de tressaillements agréables. Le silence dans ses pensées, le goût sucré d'un fruit trop mûr sur les lèvres. Et l'oubli, divin, facétieux, qui lui offrait ses filaments de ténèbres.

A ses côtés, endormie également, Zennebe Work rêvait : ses paupières — telles des papillons d'ébène — jouaient sur sa peau une vive mélodie qui, seule, troublait l'immobilité de la jeune femme. Son corps reposait sur la terre et formait une courbe délicate, les genoux pliés contre la poitrine, les mains jointes sous la tête qui semblait prête à se détacher du tronc tant le cou qui les reliait était long et mince, encore affiné par des colliers de perles blanches alignés les uns à côté des autres. Tout son être avait cédé au songe, ses muscles avaient perdu la rigidité qu'ils connaissaient ordinairement et ses pensées voguaient loin, bien loin de là, de cette terre rouge et chaude qui surplombait Lalibela.

Deuxième époque

Zennebe Work. Ce nom aux consonances rauques qui ravissaient les âmes poétiques signifiait en *amhara* « il a plu de l'or ». Getachaw avait choisi de nommer ainsi sa sixième et dernière fille pour remercier la clémence des cieux qui, cet été-là, avaient offert leurs larmes aux champs asséchés : la récolte avait été abondante, les orgies d'*injera* avaient comblé les rides de famine sur les visages des anciens. Et « Pluie d'or » avait rappelé à tous cette douce période de leur existence : son regard froid, sa posture hautaine, la façon particulière dont elle prononçait son nom, aspirant les voyelles et n'exhalant entre ses lèvres peintes en indigo que les sonorités dures, minérales, étincelantes comme ses parures et ses diadèmes de perles, tout en elle inspirait respect et admiration. Jusqu'au jour de Pâque où, à l'aube de son dix-septième printemps, elle avait franchi la porte de la maison paternelle pour ne plus y revenir; le jour était gris et noir, l'atmosphère chargée d'une pluie qui ne tomberait pas. Son père, très vieux, courbé vers le sol, avait dressé son doigt en l'air, la forçant à baisser la tête comme une pénitente. A sa droite, elle avait aperçu son mari, droit, fier, agité d'une colère muette qui l'avait emplie de honte; et son père l'avait humiliée encore : Zennebe n'avait pas réussi à enfanter de garçons, Zennebe avait refusé de donner des héritiers à son époux, à Javhé. Traîtresse, impie, inféconde, Zennebe Work ne méritait plus de siéger dans la maison de son très vénérable mari, pas plus que dans celle de ses malheureux parents, trop honteux d'avoir engendré péché et damnation. Zennebe Work devait partir. Et sous le ciel menaçant, la jeune fille avait quitté le village, emportant avec elle une fillette malingre et un bébé exsangue; son pas était alourdi par ses couches récentes, son corps déformé par ses grossesses, fausses couches, délivrances pénibles. Personne n'avait osé poser un regard sur elle; la tête basse, la mine austère, les yeux rougis de larmes, elle s'était enfuie, bannie du lieu qui l'avait autrefois érigée en symbole. Mais l'empreinte de la honte l'avait marquée à tout jamais et la pluie avait transformé ses rêves en boue…

Il devait neiger le jour où, dans son studio face au lac Léman, Nicole avait décidé de tout arrêter et de partir en Éthiopie. Elle se souvenait en effet d'avoir regardé les flocons s'amonceler sur la lucarne au-dessus de son lit pendant qu'elle répétait à Jean-Philippe, d'une voix sèche, que sa vie ne valait rien ; elle refusait, lui avait-elle murmuré, de passer le restant de ses jours dans une maison trop propre, à élever des enfants sans histoire qui se drogueraient ou tenteraient de se suicider, justement parce qu'ils n'en auraient aucune raison, à faire la cuisine, le ménage pour lui, à travailler à mi-temps dans un service social où elle devrait écouter des problèmes anodins ou tragiques avec la même indifférence. Elle refusait d'attendre la mort, passivement, en se persuadant qu'elle avait réussi sa vie parce que leur compte en banque leur permettait de payer les traites de leur chalet à Verbier et de satisfaire leurs folies vestimentaires ou gastronomiques, et qu'un diplôme de sciences sociales trônait sur le mur du salon, en-dessous des diplômes et spécialisations médicales de son honorable époux. Non, elle détestait cette idée, cet avenir lisse et plane comme la photographie glacée d'un magazine de mode ; toutE sa jeune vie — elle avait vingt-trois ans — ressemblait déjà à cette image-là : un cimetière de projets stériles et de victoires insipides. Nicole voulait plus ou mieux, une vraie vie avec de vraies réalisations, de véritables espérances et des moments trop intenses pour être conservés dans quelque recoin poussiéreux de la mémoire ou sur les pages jaunies d'un album-photos. Jean-Philippe ne comprenait pas. Buté, il marmonnait qu'il l'aimait et qu'ils seraient plus heureux dès que son doctorat serait achevé. Lâche dans son amour. Obtus. Elle décrivait ses rêves tout neufs, il lui rappelait leur rencontre au bal des sciences, deux ans plus tôt ; elle lui exposait ses intentions de quitter Lausanne, d'arrêter les cours, de s'évader au-delà des Alpes, au-delà des mers, loin, dans un autre monde, et lui, il lui promettait un voyage à Bali après ses examens. Un gouffre les séparait désormais et ils s'éloignaient l'un de l'autre à chaque mot qu'ils prononçaient et qui ne se répercutait plus que sur les parois nues de la pièce exiguë. Nicole existait déjà, Philippe s'éteignait peu à peu, inconscient de la sombre réalité que la jeune femme dévoilait devant lui.

Nicole était partie début février, à la fin du premier semestre de son ultime année d'étude ; elle avait emporté avec elle un unique sac de voyage, contenant quelques affaires et le livre de Baudelaire, et s'était envolée pour l'Éthiopie. Pourquoi l'Éthiopie? Elle ignorait tout de ce pays, sauf un vague souvenir d'une famine terrible et l'image marquante d'un enfant au bord de la mort, les yeux grand ouverts en un appel muet. Elle voulait lui répondre, à lui et à tous les êtres qui lui demanderaient de l'aide. Non pour obtenir son coin de paradis. Elle se souciait peu de Dieu et de sa rédemption. Mais pour ne plus se sentir inutile, vide, creuse. Morte vive. Les autres — l'espérait-elle naïvement — lui insuffleraient le souffle qui dynamiserait son âme et son corps. Vivre d'aimer. Ou simplement vivre.

Troisième époque

Addis-Abeba.

La ville, le soir, se transformait en scène de spectacle, tantôt illuminée tantôt sombre; le vent transportait des odeurs multiples et mystérieuses que tentaient de distinguer, perchés à leur balcon luxueux, les touristes trop peureux pour s'aventurer dans la jungle nocturne : épices, encens, urine, sang se mêlaient à l'air frais dont le fond était chargé de sable et de parfums de fleurs. La ville grouillait, fourmilière dérangée d'un coup de pied assassin; les commis arpentaient les ruelles au pas de course, zigzaguant entre les groupes de femmes causant autour du feu et les cercles d'hommes qui sirotaient un vieil hydromel en racontant aux plus jeunes des légendes de leur village. Plus haut, les bidonvilles dormaient, non du sommeil paisible des pavillons de Debre Zeyt, mais dans les hurlements des mômes affamés, les bagarres de vauriens et les aboiements, faune bruyante, bruissante. Et plus loin encore, quelques rues éclairées attiraient les hommes, longue procession de silhouettes sombres qu'accostaient de jeunes Éthiopiennes au corps dénudé. Zennebe Work en faisait partie, seule, timide, la démarche hésitante. Cinq années de trottoir n'avaient pas estompé la gêne de son visage déjà ridé. Au contraire, les hommes avaient définitivement meurtri et abîmé le corps malingre de la jeune « Pluie d'or ». Et la rude vie de la capitale avait anéanti les dernières illusions que celle-ci aurait pu cultiver. Nuit, peur, sueur, halètements. Tel était désormais son châtiment pour n'avoir su enfanter d'héritier. Souillée corps et âme. Souillée jusqu'à ses filles, chétives, qui croupissaient dans une baraque en bois au milieu d'autres fillettes sans réelle famille. Elle n'avait tout de même pas eu assez de désespoir pour abandonner Berhane, un bébé encore malgré ses six ans, au coin d'une rue, sur un tas de purin, quand la petite avait attrapé la fièvre. Mais l'idée seule l'avait muée en assassin. Coupable. Honteuse. Mortellement mortifiée par le geste inhumain qu'elle avait failli commettre. Monstre comme tant d'autres dans la nuit d'Addis-Abeba.

Addis-Abeba.

Dès son arrivée, Nicole avait compris qu'elle ne devrait pas compter sur son seul amour pour faire vivre des milliers d'êtres. Surmontant la pitié, la révolte, elle avait atteint cette noble indifférence où le geste se banalise et devient aussi efficace qu'automatique, froid, distant. Et comme à des kilomètres de là, la routine s'était peu à peu installée, avec son cortège de visages anonymes, de paroles aseptisées, d'ennui et de doutes. Elle avait creusé sa place au sein du petit dispensaire qui abritait quatre occidentaux, deux Anglais, une Italienne et une religieuse française; on l'avait admise à défaut de l'accepter et on la traitait avec la même politesse désenchantée offerte aux indigènes, un peu méprisante, un peu critique. Nicole avait réussi à mouler son comportement dans celui de ses collègues et avait retrouvé, avec un étrange soulagement, la fausse hypocrisie de pudeur et de respect qui caractérisait les rapports sociaux en Europe : elle souriait de façon détachée, comme une marionnette mue par d'invisibles fils, et se surprenait très souvent à exposer ses projets — maison, travail, enfants — dans les termes mêmes qu'elle avait fuis. Les autres mêmes avaient cessé d'exister; ils n'étaient que faces étrangères, plaies diverses, mots soufflés ou criés dans une langue rébarbative qu'elle avait renoncé à apprendre, utilisant un anglais approximatif pour asséner ses conseils. A quoi bon aider un de ces êtres, pensait-elle, quand vingt autres mouraient à ses côtés? La misère suintait si âprement de chaque parcelle de la ville qu'il devenait vite illusoire de parvenir à la maîtriser seul. Et aucun n'avait plus cette sotte prétention. Que faisaient-ils donc là, tous ces Blancs, dans leurs hôpitaux de fortune, à soigner des hommes qui succomberaient le lendemain en attirant dans leur sillage enfants, parents, frères et sœurs? Ils l'ignoraient tous, Nicole y compris. Comme cette dernière, ils l'avaient su un jour, ce fameux jour où ils avaient débarqué de Londres, Paris ou Genève, abandonnant une partie d'eux-mêmes derrière eux; mais la conviction, l'espoir s'étaient étiolés au fil des semaines, des mois, s'étaient fondus dans la crasse des bidonvilles et le confort illusoire de leur case européanisée. Ils étaient différents, ils étaient étrangers à la jungle désordonnée de la capitale : la carte postale du jet d'eau, que sa mère lui avait envoyée pour Noël suffisait à le rappeler à Nicole. Et, six mois après son arrivée, la jeune femme écrivait déjà à Jean-Philippe qu'elle reviendrait bientôt, l'air frais des Alpes lui manquant atrocement. Innocente trahison de l'ennui qui la hantait, amplifiée par le cadre angoissant dans lequel elle évoluait. Addis-Abeba la laissait désormais indifférente.

Addis-Abeba.

Une nuit pourtant suffit à tout bouleverser, de la honte de Zennebe Work à l'ennui existentiel de Nicole. Une nuit semblable aux autres, pareillement étouffante et chargée d'odeurs, Zennebe Work rencontra Nicole. Elles n'échangèrent ni regard ni parole, mais leurs corps se touchèrent. Frôlement de main sur un bras de charbon. Et ce contact changea leur vie si parfaitement tracée. Nicole prit contre elle la petite Berhane. Amas de draps et voiles multicolores d'où émergeaient deux prunelles rondes, immenses et bleues; ses doigts dégagèrent la tête, le torse, les jambes : gestes méthodiques et chargés d'habitude, mais, subrepticement, son regard se plongeait dans les yeux de la fillette, et s'y perdait avec fascination. Tant de détresse était inscrite dans ces yeux. Tant de mort les noyait! Et Nicole avait senti un frémissement l'engourdir, comme une vague de froid; sa main avait ralenti, son bras s'était figé au-dessus de la table où fumait une bassine d'eau chaude. Le bruit de la rue, malsain et empesté, s'était imposé dans la petite salle du dispensaire, couvrant le son du ventilateur et les hurlements des nouveau-nés qu'un collègue de Nicole extrayait du ventre de sa mère atone. Des larmes avaient perlé sur les cils de la jeune fille. Ses premières larmes depuis son arrivée. Et la petite avait serré un de ses doigts dans sa main minuscule, laissant échapper de ses lèvres gercées un miaulement plaintif. Ce fut tout : un souffle, une larme, un silence inhabituel dans la routine de l'aide humanitaire… Un instant d'éternité au creux de deux existences que le hasard venait de croiser. Dans la fournaise nocturne d'Addis-Abeba.

Quatrième époque

Un nouveau monde se déroula sous les pas hésitants des deux jeunes femmes : lentement, insidieusement, il s'infiltra dans la quotidienneté de leur vie et les posséda peu à peu. Nicole soignait Berhane avec la même attitude distante qu'elle adoptait à l'égard de ses autres malades ; tous les jours, elle changeait ses vêtements, lui tenait le bol de soupe, la lavait, lui caressait le front ou la joue avec son sourire automatique, mi-soucieux mi-maternel. Et tous les soirs, à la tombée de la nuit, Zennebe Work se rendait au chevet de sa fille, intimidée par les visages étrangers et la blancheur immaculée des lieux ; elle s'asseyait sur le bord du lit et posait sur la bouche de la fillette un petit crucifix taillé en os, puis, serrant la petite main dans la sienne, elle murmurait des prières qui s'écoulaient en cascade de ses dents serrées. Parfois, Nicole l'observait, adossée au chambranle de la porte ou assise par terre, contre le mur ; et parfois même elle souriait à Zennebe quand celle-ci, passant devant elle, disparaissait dans la nuit chaude de la capitale. Un sourire franc, chargé de remords et d'espoir auquel, de plus en plus souvent, la jeune Éthiopienne répondait par un hochement de tête, les yeux baissés. Puis un mot de salut remplaça le sourire, et Nicole entendit enfin la voix rocailleuse de Zennebe Work ; les mots formèrent des phrases qui se muèrent, lentement, au fil des rencontres, en propos badins sur la santé de Berhane, la chaleur des journées ou la sécheresse annoncée. Enfin, un matin, Zennebe ramena la fillette avec elle, et l'histoire, leur histoire, aurait dû s'achever sur leur « au revoir » un peu distant. Mais, avant de partir, l'Éthiopienne saisit brusquement les mains pâles de Nicole et, rougissante de honte et de la pudeur dédaignée, les porta à ses lèvres ; la jeune Européenne frémit à ce contact inattendu, hésita, puis enlaça doucement le cou gracile de sa compagne et l'attira vers elle. Cette étreinte, union imperceptible de leur âme au-delà des paroles, au-delà du sang, les unit sans même qu'elles s'en aperçussent.

Elles se revirent régulièrement par la suite.

Tout d'abord, ce fut Zennebe Work qui revint au dispensaire ; elle traînait derrière elle Berhane, et surtout Rahel, une gamine de dix ans, longue, maigre, les yeux embués d'une tristesse d'adulte.

Rahel était enceinte, elle s'était vendue à un touriste blanc contre quelques dollars américains, pour aider sa mère en l'imitant, mais elle n'était qu'une enfant, innocente, sans expérience, et le sperme avait fécondé ce corps à peine pubère, aux courbes enfantines. Zennebe Work pleurait. Et Nicole n'avait su trouver les paroles réconfortantes; elle avait écouté les plaintes de l'Éthiopienne, saisissant quelques bribes de ce langage rauque qu'elle regrettait de n'avoir pas appris, comprenant à l'intonation et aux mimiques une parcelle de l'existence de cette jeune femme : le mariage à neuf ans, ses premières couches, le sang, le bébé qui aurait dû être un mâle et n'avait même pas crié, bleu, minuscule bout de chair, l'exil, les nuits d'Addis-Abeba... Nicole écoutait, mais son esprit refusait d'admettre ce que Zennebe lui avouait, entre des gémissements et des pleurs. Le visage caché sous un foulard écarlate. Elle regardait Rahel qui fixait le mur avec son regard dur de femme-enfant, elle percevait, dans la nuée qui l'enveloppait, les mains sombres, menues et noueuses, croisées sur une jupe à fleurs déchirée, le nez trop droit de Berhane qui pressait une poupée de chiffon contre sa bouche, le voile écarlate se levant et s'abaissant au rythme des sanglots de l'Éthiopienne. Mais comment aurait-elle pu concevoir que Zennebe Work avait le même âge qu'elle? Comment aurait-elle pu comparer leur vie si éloignée l'une de l'autre qu'un abîme semblait les maintenir de part et d'autre de la Méditerranée? Pourtant, peu à peu, les mots ne frappèrent plus en vain contre son crâne; Nicole s'ouvrit aux paroles de Zennebe qui envahirent tout son être comme un raz-de-marée, glissant sous sa peau, s'insinuant entre ses souvenirs d'Europe et ses doutes, détruisant, anéantissant, pulvérisant les futilités d'adolescente, les jalousies d'enfant, chagrins et désillusions. Le bonheur seul, l'unique bonheur demeura, cynique, docile. Au milieu des décombres. Alors seulement elle put parler à Zennebe, et les mots d'espoir qu'elle prononça la surprirent la première avant d'étonner l'Éthiopienne. C'étaient des propos simples, évidents, mais ils sonnaient avec une rare sincérité, et Nicole les répéta longtemps, agréablement charmée de goûter leur douceur sur sa langue. Comme un bonbon qui distille, goutte à goutte, sucre et vanille.

Alors, leurs rencontres se rapprochèrent. Sous prétexte d'apporter son soutien à la jeune Rahel qui avait perdu le fœtus quelques jours seulement après la visite de Zennebe Work au dispensaire, Nicole se rendit tous les jours dans la case de l'Éthiopienne ; mais, même quand l'adolescente se fut rétablie, la jeune femme maintint ce rituel amical. Ainsi, tôt le matin, elle partait au cœur des bidonvilles, apportant avec elle des savons, des peignes, des biscuits ou autre trésor qui combleraient de joie les deux fillettes ; et elle passait une partie de la journée en leur compagnie à bavarder en buvant du thé à la menthe. Zennebe Work attendait la femme blanche avec impatience. Dès qu'elle revenait de ses activités nocturnes, aux premières lueurs de l'aube, elle se frottait le corps avec du sable pour essuyer toutes traces honteuses, puis s'asseyait près de la natte de ses filles. Ses doigts égrenaient un chapelet tandis qu'elle observait, immobile, silencieuse, la levée du soleil. Rahel bougeait parfois. Ses paupières sombres vibraient. Bruissement de cils fous tels des papillons de nuit. Alors, tendrement, Zennebe posait une main contre la joue de sa fille pour la rendormir. Jamais, avant sa rencontre avec Nicole, elle ne s'était sentie mère, jamais, avant de raconter sa souffrance et d'entendre les paroles réconfortantes de sa nouvelle amie, elle n'avait imaginé avoir le droit d'être une mère aimante et attentive pour ses enfants. On lui avait dit : tu n'es pas digne d'être une femme. On l'avait chassée, lapidée par des injures, meurtrie d'indifférence : comment aurait-elle pu être une bonne mère alors qu'elle n'était rien ? Et comment une femme qui songeait à abandonner son enfant malade, qui laissait son autre enfant se prostituer, comment cette femme pouvait-elle prétendre les aimer ? Pourtant, Zennebe Work aimait ses filles ; elle les avait toujours chéries, depuis le jour où elle avait senti leur présence dans son ventre ; mais elle n'avait osé auparavant avouer cette tendresse, trop rongée par la honte, humiliée et rejetée du monde des vivants. Elle aurait pu devenir comme ces femmes aigries qui, répudiées pour les mêmes raisons qu'elle, maudissaient et haïssaient leurs filles ; après tout, si Rahel, si Berhane avaient été mâles, son existence aurait subi un sort plus doux, et « Pluie d'or » serait devenue une femme honorable au sein de son peuple. Mais non, elle ne pouvait leur en vouloir : c'était elle la coupable, pas ces êtres chétifs qui souffraient de la faute de leur mère. A moins que Nicole n'ait raison et qu'il n'y eut aucun fautif, sinon la bêtise humaine qui prêtait à Dieu des principes injustes et cruels qu'elle n'avait pas le courage de signer de son nom. Mais Zennebe Work ne pouvait encore admettre cette version païenne qui la libérerait de toute honte, bien que celle-ci fût tentante et que l'Éthiopienne se délectât de l'entendre dans la bouche de l'Européenne. Car, enfin, Nicole arrivait, souriante; elle réveillait les fillettes avec sa voix étrange, son accent exotique. Et, ensemble, elles reconstruisaient leur vie en racontant à l'autre ses souvenirs, son enfance, son passé : Nicole avait montré à Zennebe les photos de ses parents et de son fiancé, riant quand l'Éthiopienne s'étonnait de ne pas voir de bébés autour d'eux. Et, peu à peu, leur existence s'était illuminée de celle de l'autre pleine d'étrangetés et de ressemblances. On décrivait la poupée qui avait accompagné à mille kilomètres de distance deux fillettes rêveuses et fières; on rougissait d'orgueil en racontant les exploits du père, ici ingénieur dans une usine électrique et vice-président d'une association caritative, là chef de clan, père de douze enfants dont la moitié était de beaux garçons forts et bien portants. Et chacune se surprenait au détour d'une phrase à envier tel événement de l'histoire de l'autre, le mariage de Zennebe Work, le quinzième anniversaire de Nicole, et leurs rires éclataient au-dessus des bidonvilles. Certes, certaines divergences les opposaient encore, et sans doute à jamais : Nicole ne comprenait pas comment la religion orthodoxe éthiopienne pouvait à ce point envahir la vie des croyants et les pousser à contracter pour leurs filles des mariages précoces qu'en Europe on qualifierait de pédophiles. Quant à Zennebe Work, son esprit ne parvenait à admettre qu'une femme de vingt-cinq ans pût ne pas avoir d'enfants et ne pas en désirer : les mœurs des Européens, leur individualisme, leur goût pour l'argent et le luxe, leur irrespect envers la religion chrétienne, leur athéisme même lui semblaient inconcevables et la dégoûtaient intimement. Mais les deux femmes réussissaient à transcender ces différences en valeurs identitaires face auxquelles, renaissantes, elles édifiaient leur propre être; avec difficulté, Nicole apprenait l'*amhara*, s'efforçant d'en assimiler les sonorités rudes et les formes condensées, tandis que Zennebe Work babillait parfois dans un français hésitant : à la demande de l'Éthiopienne, la jeune Européenne tentait en outre d'inculquer aux fillettes et à leur mère les rudiments de la lecture et de l'écriture, en utilisant la Bible comme principal support.

Et les mois se succédèrent ainsi, sans aventure extraordinaire ni exploit aucun, dans la simplicité banale d'une existence heureuse. Et bientôt, sans qu'elle se fût rendu compte du temps qui s'écoulait, Nicole fêta pour la quatrième fois son anniversaire à Addis-Abeba.

Cinquième époque

Lalibela. Depuis que Nicole entendait ce nom autour d'elle, il avait revêtu une étrange couleur pastel. Voile de crêpe flottant au gré du vent. Zennebe Work surtout le citait avec tant de respect qu'elle en baissait les yeux, et la ville semblait alors dotée de pouvoirs mystérieux, comme un sortilège ou une formule magique qu'on prononce toujours du bout des lèvres. L'Éthiopienne avait expliqué à Nicole que c'était un lieu sacré du monde copte : le roi mythique Lalibela y avait reçu l'aide des anges afin d'édifier une chapelle dans la roche volcanique. Et l'endroit était devenu un sanctuaire, lieu de pèlerinage pour tous les orthodoxes éthiopiens qui s'y réunissaient plusieurs fois par année pour prier Javhé. C'était la ville de la rédemption et du salut, la Rome de ce royaume d'Abyssinie qui surpassait sa rivale européenne par l'originalité de ses constructions souterraines. Dans la bouche de Zennebe, Lalibela devenait le point d'origine et d'achèvement de tout : hommes, plantes, animaux, rochers et ruisseaux naissaient et mouraient sur la terre rouge de Lalibela. Et, quand Nicole avait proposé à son amie de faire le voyage jusqu'au sanctuaire, la joie, la crainte et la honte s'étaient jointes dans les larmes de l'Éthiopienne : elle avait d'abord refusé, pleine d'un respect douloureux où se lisait le souvenir de sa répudiation, mais, devant l'insistance de Nicole qui hurlait son incompréhension aux oreilles de Rahel, elle s'était pliée au choix de la jeune femme et avait accepté d'y conduire les fillettes afin qu'elles y soient baptisées lors de la Pâque. Une autre raison l'avait guidée qu'elle taisait à ses filles, mais que Nicole avait deviné — et c'était ce secret qui avait poussé celle-ci à élaborer ce projet : Zennebe Work était malade, son corps déchiré trop jeune et abîmé par les nuits de la capitale dépérissait lentement, fistulé, rongé de l'intérieur, et peu à peu la mort s'en emparait de façon inexorable. Zennebe allait mourir, elles le savaient toutes les deux, et ce voyage devait les unir l'une à l'autre plus que les trois années passées ensemble à Addis-Abeba.

Elles quittèrent la capitale fin février. Nicole avait donné son congé au dispensaire et expédié déjà une partie de ses affaires chez elle, au-delà des Alpes dont les contours s'étaient estompés dans sa mémoire : elle regagnerait l'Europe une fois la Pâque fêtée, emmenant avec elle Zennebe Work et ses filles. Le voyage dura un mois et demi à travers toute l'Éthiopie du Nord, ce pays sec, rocailleux qui épousait la fracture du Rift en des centaines de plateaux ocres et de gouffres étroits : en car bondé, en train chaotique, à pied ou à dos de mulets, elles traversèrent une partie du Gondar, franchirent le Nil bleu aux chutes vertigineuses, dormirent chez des paysans taciturnes qui proposèrent de marier Rahel à leur fils aîné, un veuf au regard hagard. Étrange troupe que cette femme blanche, hâlée par le soleil, la chevelure courte et hirsute, ses jambes impudiquement dévoilées, et cette mère longue, efflanquée, au port de tête aussi rigide qu'une statue antique, qui poussait devant elle deux gamines apeurées. Étrange pèlerinage également : l'amitié qui liait les deux femmes se transformait en une intimité grandissante, encore accrue par le secret morbide qu'elles partageaient. Nicole avait appris la patience et le bonheur pur auprès de Zennebe, Zennebe découvrait l'espoir futile et insondable, cette légèreté d'être qui brisait toutes les chaînes : elle avait appris à rêver, cédant son corps aux caresses du sommeil, laissant à son amie les méditations et les prières, païennes certes, mais prières malgré tout, et la sérénité qui les enveloppait lors de ces instants de repos suffisait à les combler. Elles ne réclamaient rien d'autre que ces silences où tout s'écrivait et tout se résolvait sans qu'il fût besoin de parler. Et, du reste, le torrent de paroles qu'elles avaient échangé à Addis-Abeba se tarissait à mesure que leurs pas les rapprochaient de Lalibela : elles n'avaient plus besoin d'entendre la voix de l'autre pour se comprendre, leur cœur était perméable aux messages muets de l'autre et les absorbait. Terre avide de gouttes de pluie. Pluie d'or! Jamais Zennebe Work n'avait autant ressemblé à son nom que lors de cette marche vers Lalibela, sous le ciel bleu roi où étincelait l'astre doré. Et Nicole parvenait, pour et par Zennebe, à toucher enfin l'existence dont elle rêvait en Europe : il lui semblait parfois que, chacune demi-lune brisée et séparée, Zennebe et elle s'étaient rencontrées pour reconstituer le cercle parfait qu'elles formaient à l'origine. La plénitude.

Enfin, elles arrivèrent au sanctuaire. Perdues dans la foule des pèlerins, silhouettes drapées de manteaux colorés et penchées sur leur bâton. Et elles découvrirent avec stupeur, à même le sol, les croix gravées sous lesquelles, taillées dans la roche, se devinaient les chapelles. Étranges et fascinantes constructions qui paraissaient émerger de la terre et qu'on n'apercevait pleinement qu'en se penchant au bord de la crevasse ou en descendant les escaliers accolés au rocher. En bas, le spectacle défiait les sens : arabesques et volutes incisées sur les façades, entrées étroites et sombres, touches de couleur estompées par les siècles, bassins d'eau, tout le site était enfermé entre les parois d'où il avait été extrait par quelque mystérieux prodige. Et les faibles éclats de lumière qui parvenaient à s'immiscer entre les méandres des sculptures créaient une atmosphère pathétique. Lalibela berçait et envoûtait les deux femmes : l'ambiance lourde d'encens et de prières, la foule chamarrée, ces face noires, frottées de sable avec lesquelles le visage pâle de Nicole formait un étrange contraste, les murmures, les souffles. Tout un respect mystique qui suintait de chaque parcelle minérale. Là, enfin, la vie atteignait son ultime niveau, sa perfection absolue, là, au pied de ces chapelles sacrées où Javhé autrefois avait couronné le premier roi d'Abyssinie, Nicole et Zennebe Work prenaient conscience du lien indicible qui scellait leur destin : Nicole n'était rien sans Zennebe qui n'existait pas sans Nicole. Comment étaient-elles parvenues là, sous le soleil plombé de Lalibela? Elles l'ignoraient. Le temps s'était écoulé comme une suite de notes qui ne prenaient sens qu'à la fin du morceau. Telle une mélodie fantastique. C'était une série de sourires et de mots, d'attentes et de gestes; c'était une main qui en serrait une autre et un regard qui cherchait dans l'autre le courage nécessaire pour lutter encore. C'était peu de chose en somme qui les avait conduites sur ce rempart excavé… Et cette découverte elle-même ne signifiait rien face à leur amour, à leur bonheur, à leurs vies enfin unies…

Sixième et dernière époque

Le soleil dardait ses rayons d'acier blanc sur la terre rouge du sanctuaire. Zennebe Work sentit la main de Nicole sur son front, et cette douce sensation l'extirpa de ses rêves. Le vent s'était calmé, et la chaleur, insidieuse, s'était frayée un chemin le long de la muraille de pierre, frappant les corps éparpillés autour de la chapelle. Zennebe se redressa. Des perles de sueur lui encerclaient le front qu'elle essuya lentement. Geste tendre, sensuel. Son regard se faufila dans la foule, soudain inquiet, puis se rassura quand il emprisonna les silhouettes menues de Rahel et Berhane : les fillettes jouaient près d'un bassin où un pope pratiquait des baptêmes, entouré de nombreux fidèles. Le rire de Rahel surmonta le chahut et les cris, en gouttes éparses qui se faufilaient, indisciplinées, entre les briques d'un mur. Nicole aussi les observait, le visage doux, les mains jointes sur ses genoux. Un instant, les yeux des deux femmes se croisèrent, et Nicole baissa la tête : la douleur qu'elle avait lue sous les paupières de l'Éthiopienne ne pouvait la tromper. Bientôt, elle serait seule.

« Elles vont être baptisées », murmura-t-elle inutilement, sursautant au son rauque et triste de sa voix qu'elle ne reconnaissait pas. Zennebe Work hocha la tête et esquissa un sourire. Une lueur dans les ténèbres qui investissaient sa face, la plissant de souffrance. Des tambours résonnaient, de plus en plus fort, de plus en plus vite, et, soudain, à leur gauche, surgissant de nulle part, une procession apparut : hommes bariolés d'or et de sang agitant des grelots au-dessus de leur crâne, prêtres protégés du soleil par un parasol de peau, qui balançaient avec une lenteur calculée des boules d'encens. La cérémonie allait commencer. Les femmes, qui n'avaient pas le droit de pénétrer dans l'église, se massèrent autour des bassins où les popes continuaient, imperturbables, leur rituel; les hommes pénétrèrent par rubans dans la chapelle qui les avalait goulûment, les vomissait parfois, surpeuplée, étouffant sous la masse. Certains fidèles demeurèrent dehors et prirent possession des lieux, bassins, escaliers, colline... Mais Zennebe Work et Nicole n'y prêtèrent pas attention, car Rahel et Berhane venaient de plonger dans l'eau grise du bassin, avançant en riant jusqu'au-dessous du pope. Zennebe frémit. Autour d'elle, la foule scandait des prières qui rivalisaient avec les claquements sourds des tambours et les lamentations des chants qui, par hoquets, s'échappaient de l'église. La messe débutait, cortège de vers saints, de coupelles d'or, que les fidèles imaginaient en fermant les yeux... Doucement, le pope versa un peu d'eau sur les fillettes qui s'accrocha à leur front, à leurs paupières. Larmes brillant sous un éclat de soleil. Esquissant une croix sur leur bouche close, il murmura une prière que Zennebe Work, figée de stupeur, glacée, répéta en silence, les lèvres tremblantes. Un chant alors s'éleva et emplit le ciel bleu de Lalibela. Des mains, des bâtons, des sandales frappèrent le sol en cadence, de plus en plus rapidement. Dans l'eau, Rahel et Berhane prononçaient leur serment. L'eau avait séché sur leur front, laissant une couronne grisâtre. Elle avait lavé les fillettes du péché de leur mère, elle avait couvert leurs corps de l'amour divin, pur et éternel qui avait méprisé Zennebe Work. Le bonheur envahit cette dernière qui, enfin, laissa ses larmes couler et inonder ses joues.

Au moment où le pope versa l'eau sur les fillettes, Nicole eut l'impression que son cœur allait cesser de battre tant l'amour s'y pressait et le submergeait. Troublée, émue, elle se laissa porter par le rythme scandé autour d'elle et, incapable d'agir, délivra son esprit du carcan rigide dans lequel elle le maintenait. Son corps s'engourdissait, lourd, mort, pris d'une nausée atroce, tandis que ses pensées s'évadaient librement dans le ciel limpide de Lalibela. Sa vie aurait pu se terminer à ce moment-là : tout commençait et finissait à Lalibela... A ses côtés, Zennebe Work s'allongea, posant sa tête sur le genou de l'Européenne. Le contact chaud surprit celle-ci, mais plus encore le voile sombre qui recouvrait les prunelles de son amie quand, à nouveau, leurs regards se mêlèrent. Puis l'Éthiopienne ferma les yeux et Nicole l'imita, luttant contre les sanglots qui s'amassaient dans sa gorge. Un souffle chaud les dérangea. Zennebe Work soupira. Et Nicole sut bien avant de l'entendre ce que son amie allait lui demander d'une voix assourdie :

« Prends soin d'elles, chérie : elles méritent d'être plus heureuses encore que je ne le suis... »

Sa bouche se figea alors dans un dernier sourire et, alors que les cloches éclataient d'une joie furieuse, répondant aux acclamations de la foule, alors qu'à l'intérieur du mystérieux sanctuaire les prêtres célébraient la résurrection du Christ, Zennebe Work, « Pluie d'or », s'éteignit doucement, sa main unie à celle de Nicole...

SATISFAIT OU REMBOURSÉ !

Satisfait ou remboursé.

Cette phrase sonnait comme une trompette dans l'air glacé de la ville à peine éveillée. Absurdité tragique de cet homme, seul, sur un banc, devant la gare aux mille lueurs, tenant à la main un ours en peluche et un ticket de grande surface.

Satisfait ou remboursé. C'était écrit au bas du ticket, juste sous le total souligné deux fois et le logo en forme d'étoile. Mais cela ne signifiait rien pour Aurélien. Lui, il attendait sa fille, sa petite fille Maude qu'il n'avait pas revue depuis sa naissance. Il l'attendait avec la même angoisse qu'un condamné à mort attend son exécution, et l'ourson qu'il serrait contre son manteau lui rappelait tristement qu'elle aurait le droit de ne pas venir, qu'elle aurait le droit de lui cracher au visage et de le haïr. Alors il tremblait. Lui, le solide gaillard qui venait de passer les dix dernières années au milieu des cris, des insultes et des obscénités, il craignait une fillette qu'il ne connaissait pas : il l'imaginait grande et forte, avec le même port de tête altier que sa mère et un atroce sourire désabusé aux lèvres ; elle le regarderait avec mépris et il baisserait les yeux, face à face avec l'ours et le ticket absurdes. A moins qu'elle ne vienne pas. Après tout, pourquoi aurait-elle accepté de le revoir, alors qu'elle ignorait tout de lui ? Au téléphone, elle — une voix fraîche, du cristal liquide — avait promis de le voir, deux minutes, avant de prendre le métro pour le collège ; elle avait aussi promis de ne rien dire à sa mère et de le rejoindre, sous la grande horloge de la gare, tôt le matin. Un rendez-vous d'amoureux. Secret et angoissant. Comment la reconnaîtrait-il ? Elle porterait un imperméable bleu clair et un sac pistache, et elle laisserait ses cheveux libres, des bouclettes longues, comme celles de sa mère, sans doute aussi rousses et flamboyantes. Jamais un coup de fil ne l'avait terrorisé autant que celui-là; son cœur s'était contracté violemment quand elle — toujours cette voix si belle et si claire — avait chantonné « Allô! Maude Lavoisier? »; il avait balbutié des mots, quelque chose comme « Maude? C'est moi, Aurélien, ton père ». Et le silence qui lui avait répondu l'avait glacé jusqu'aux os. Étrangement, il avait pensé qu'elle raccrocherait, et il attendait — il l'espérait presque — le déclic dur, mais elle avait parlé, un peu plus froidement certes, mais elle avait parlé. Et ce fait-là seul l'avait bouleversé. Elle pouvait bien ne pas venir, le haïr et l'ignorer, elle lui avait laissé une chance, une chance incroyable, de lui parler, de l'entendre, de la voir et de s'excuser, alors que lui, il l'avait abandonnée dès sa naissance. Alors il avait réalisé tout le fossé qui les séparait : elle avait dû souffrir d'être seule, d'être sans père, rejetée, détestée, et elle lui offrait une chance. Son amour pour elle, qu'il avait découvert et cultivé en prison, s'était magnifié à cet instant précis où il prit conscience qu'elle ne le rejetait pas, elle. Pour la première fois de son existence, quelqu'un lui tendait la main, et il devenait seul maître de son destin : tout dépendait de lui, de la façon dont il l'aborderait et lui expliquerait sa présence. Il y avait réfléchi toute la nuit, éveillé, les yeux fixés sur l'ourson qu'il avait acheté l'après-midi et qui trônait sur la table, en face de son lit.

Pourquoi un ourson? Maintenant ce choix lui paraissait absurde : Maude avait quinze ou seize ans, elle devait depuis longtemps avoir enfoui ses peluches dans une caisse. A cet âge on pensait déjà à ses vingt ans, on tentait de lutter contre un corps en mal d'indépendance et des sensations inconnues. On devenait une femme. Quelle folie, cet ours! Mais il n'avait rien trouvé d'autre, et, bizarrement, il savait que c'était cet ours qu'il désirait lui donner; dans ses rêves de taulard, sa fille venait le voir, en robe à fleurs, et serrant une peluche dans ses bras. Il voulait sans doute revivre, l'espace d'une minute, ce fragment de rêve, et le cristalliser dans sa pensée.

Satisfait ou remboursé. De toute façon il avait gardé le ticket : elle pourrait toujours le rapporter et s'acheter du rouge à lèvres ou des cigarettes ou ce qu'il imaginait qu'une fille de son âge aimerait acheter. Cela n'avait pas d'importance. Il venait seulement la voir et lui dire qu'il ne l'avait jamais vraiment abandonnée. Oh ! Il savait que c'était aussi ridicule de prétendre cela que de lui offrir un ours, que ni l'un ni l'autre ne combleraient quinze années de vide, de silence, de doute, de questions sans réponse, de larmes. Mais c'était pourtant la vérité. Et il tenait à ce qu'elle l'entende une fois au moins. La peur le rendait humain, lui, le dur, le gamin fou qui avait séduit une môme, l'avait engrossée et laissée seule avec un bébé à peine né, lui, le salaud qui, saoul, avait poignardé une gamine pour une centaine de francs. Il tremblait maintenant, il pleurait, parce qu'il réalisait en pensant à sa fille ce qu'il avait perdu. Le mal ne venait pas du coup de couteau et de la fille morte. Le mal datait d'avant, du jour où il avait menti à la mère de sa fille en lui disant « Je t'aime » : là il avait été meurtrier, de là datait le crime.

Satisfait ou remboursé.

Le vent lui gifla le visage. D'une main, Aurélien essuya nerveusement les larmes sur ses joues. Le suicide ne servait plus à rien : il s'était lui-même explosé le crâne quinze ans auparavant. Désormais il lui faudrait vivre avec le souvenir, des fragments de rêves et d'ours, un goût de sang dans la bouche. Sa fille ne viendrait pas. Il en était certain maintenant. Le soleil brillait depuis longtemps au-dessus de sa tête, et des files d'adolescents l'avaient dévisagé avec ironie depuis longtemps déjà. La gare était déserte à nouveau et silencieuse. Pas le moindre imper bleu. Pas le moindre espoir de lui avouer qu'il l'aimait, qu'il l'avait toujours aimée sans oser se l'avouer. Le crime devait donc être irréversible : on ne tue pas une fillette pendant quinze ans, un coup à chaque manque, sans être puni. Il lâcha le ticket : la phrase s'envola au ras du bitume, cognant les réverbères et les roues des voitures, puis disparaissant dans le caniveau. C'était fini. Il leva les yeux. Une fille toute menue se dressait à ses côtés, des boucles voletant sur ses yeux. Elle s'approcha et s'assit près de lui. Il sembla à Aurélien que le temps s'arrêtait : elle était belle, elle était fragile, toute fine comme une porcelaine. Sans dire un mot, avec des gestes timides et lents, elle saisit l'ourson qu'Aurélien serrait encore et, tendrement, elle le pressa contre son cœur. Comme la fillette du rêve…

TABLE DES MATIÈRES

Achevé d'imprimer en septembre 1999
sur les presses de la Nouvelle Imprimerie Laballery
58500 Clamecy
Dépôt légal : septembre 1999
Numéro d'impression : 909041

Imprimé en France